U0693802

SPRING 野

更具体地生长

All This Wild Hope

据说，我极喜欢演说，
但讲话的时候是口吃的，
至于用语，则是南腔北调。

指头一拨，君子就翻一个筋斗，
我觉得我到底也还有手腕和眼睛。

南腔北调集

鲁迅

著

GUANGXI NORMAL UNIVERSITY PRESS
广西师范大学出版社
·桂林·

图书在版编目（CIP）数据

南腔北调集 / 鲁迅著.——桂林：广西师范大学出
版社，2024.9
ISBN 978-7-5598-6977-7

Ⅰ.①南…　Ⅱ.①鲁…　Ⅲ.①鲁迅杂文 – 杂文集
Ⅳ.①I210.4

中国国家版本馆CIP数据核字（2024）第099955号

NANQIANGBEIDIAOJI
南腔北调集

作　者：鲁　迅
责任编辑：彭　琳
特约编辑：徐子淇　赵雪雨
装帧设计：汐和、几迟 at compus studio
封面插画：Aleksandra Czudżak
内文制作：陆　靓

广西师范大学出版社出版发行

　广西桂林市五里店路9号　邮政编码：541004
　网址：www.bbtpress.com
出版人：黄轩庄
全国新华书店经销
发行热线：010-64284815
北京启航东方印刷有限公司印刷
开本：787mm×1092mm　　1/64
印张：6.25　　　字数：109千
2024年9月第1版　2024年9月第1次印刷
ISBN：978-7-5598-6977-7
定价：40.00元

如发现印装质量问题，影响阅读，请与出版社发行部门联系调换。

目录

一	导读
一	题记
九	"非所计也"
一二	林克多《苏联闻见录》序
一九	我们不再受骗了
二四	《竖琴》前记
三一	论"第三种人"

三九　　　　　　　　　　"连环图画"辩护

四八　　　　　　　　辱骂和恐吓决不是战斗

五六　　　　　　　　　　《自选集》自序

六一　　　　　　　　　　《两地书》序言

六八　　　　　　　　　祝中俄文字之交

八〇　　　　　　　　　　　听说梦

八六　　　　　　　　论"赴难"和"逃难"

九三　　　　　　　　　　学生和玉佛

九八　　　　　　　　　为了忘却的记念

一一八　　　　　　　　　　谁的矛盾

一二二　　　　　　看萧和"看萧的人们"记

一三〇　　　　　　　《萧伯纳在上海》序

一三五　　　　由中国女人的脚，推定中国人
　　　　　　　之非中庸，又由此推定孔夫子有胃病

一四五　　　　　　　　我怎么做起小说来

一五二　　　　　　　　　　关于女人

一五六　　　　　　　　　真假堂吉诃德

一六〇　　　　　　　《守常全集》题记

一六六　　　　　　　　　　谈金圣叹

一七〇　　　　　　　又论"第三种人"

一七九　　　　　　　　"蜜蜂"与"蜜"

一八二　　　　　　　　　　　经验

一八六　　　　　　　　　　　谚语

一九〇　　　　　　　大家降一级试试看

一九四　　　　　　　　　　　　沙

一九七　　　　　　　　给"文学社"信

二〇一　　　　　　　　　　关于翻译

二〇六　　　　　　　《一个人的受难》序

二一一　　　　　　　　　祝《涛声》

二一六　　　　　　　　　上海的少女

二二二　　　　　　上海的儿童

二二五　　　　　　"论语一年"

二三三　　　　　　小品文的危机

二三九　　　　　　九一八

二四七　　　　　　偶成

二五二　　　　　　漫与

二五八　　　　　　世故三昧

二六四　　　　　　谣言世家

二六九　　　　　　关于妇女解放

二七三　　　　　　火

二七七　　　　　　论翻印木刻

二八四　　　　　　《木刻创作法》序

二八八　　　　　　作文秘诀

二九五　　　　　　捣鬼心传

三〇二　　　　　家庭为中国之基本

三〇五　　　　　　　《总退却》序

三〇八　　　　答杨邨人先生公开信的公开信

我们今天为什么需要鲁迅

钱理群

导读

论鲁迅的特别之处

　　讨论"为什么需要鲁迅"，首先要讨论或明确的一个问题是：鲁迅是谁？

　　关于"鲁迅是谁"，实际上有两种流行的说法。一种说法是我在读中学时就被告知的、大众熟悉的毛泽东的鲁迅观——鲁迅是伟大的文学家、思想家和革命家。这"三家"并不错，是有一定道理的。但是，这么一讲就把鲁迅置于高高在上的位置，离我们比较远，可敬，却不可亲，也不可爱，也就谈不到需要了。实际上，今天很多读者与鲁迅有所隔绝，很重要的一个原因是被这"三家"给吓到了。

这些年又有了新说法，强调鲁迅是一个好爸爸、好丈夫、好儿子，这也有很多事实作根据。但是，面对这个新"三好"，我不免有一个疑惑：天下的好爸爸、好丈夫、好儿子多得是，干吗需要鲁迅呢？也许有人做爸爸比鲁迅还要好，所以这个说法同样没有说服力。

而我也有一个说法：一方面，鲁迅不是神，他是人，是和我们一样的普通人，因此我们可以接近他；另一方面，鲁迅和我们，和我们大多数人又不一样，他是个特别的人，因为特别所以稀有，因为稀有所以我们需要鲁迅。

二

当年林语堂给鲁迅起了一个绰号，说他是"白象"——大多数的象都是灰色的，鲁迅这头"象"有点特别，是"白象"。据说鲁迅非常喜欢这个绰号，周海婴刚出生的时候，鲁迅第一次做父亲，到产房抱起他，一边走，一边念念有词地说着"小白象、小白象、小白象"。他把林语堂给他取的绰号传给自己的爱子了。

那么，鲁迅的特别体现在哪里？简单地说，就是鲁迅的思维方式、感情方式、思想观念，对很多问题的看法，和我们大多数人习惯的不一样。这样讲可能有点抽象，不妨一起来读鲁迅的作品，看一看仅属于鲁迅的一些特别的东西。

很多人问我，读鲁迅作品该读什么。我经常向他们推荐两篇文章。第一篇是《论"他妈的！"》[1]。"他妈的"是中国的"国骂"，每个

---

1 收录于《坟》。

人都会骂，有的人公开骂，有的讲文雅的人公开场合不会骂，但私下里对讨厌的东西也会说"他妈的"。鲁迅说他在农村观察到一个很有趣的现象，一对父子在一起吃饭，那天的饭菜非常好吃，父亲就对儿子说："他妈的，你吃吧。"儿子则回答说："他妈的，你吃吧。"这里的"他妈的"跟我们今天说的"亲爱的"意思差不多。

但这样的"国骂"是不能登大雅之堂的，也从来没有人写文章谈"他妈的"。鲁迅不仅谈了，他还要论，还作出论文，不知道现在有没有博士论文敢以"他妈的"作为论题的。鲁迅却偏偏要论，而且要"考证"——"他妈的"作为"国骂"是从什么时候开始。骂人从来就有，中国自古就有，但那时候骂人不骂"他妈的"。骂"他妈的"是从什么时候开始的呢？从晋代，这是鲁迅考证的结果。为什么从晋代开始？晋代有门阀制度，讲究出身，你出身大家族，就什么都有；你出身寒门，就什么都没有。在这种等级制度下，那些寒门出身的人当然对仅凭出身就耀武扬威的大家族子弟非常不满，但又不好也不敢公开反抗。怎么办？只好曲线反抗，你神气活现，不就是有个好妈吗？那我就骂"×你妈的"，这就出了一口气，心里也似乎好受一点。这或许就是"迂回胜利"吧，但在鲁迅看来，这是"卑劣的反抗"，是阿Q的"精神胜利法"。这样，鲁迅就从"他妈的"这句"国骂"里发现了两个重要的东西，一个是中国国家体制中的等级制度，另一个就是国民性的弱点，并由此得出结论：只要中国社会还有等级制度存在，就会不断地有"国骂"，有"他妈的"。

我读中学时流行过一句话："学好数理化，走遍天下都不怕。"现在则说："有了好妈妈

六

好爸爸，走遍天下都不怕。""官二代"永远是官二代，"穷二代"永远是穷二代，在这种情况下，就很容易出现"国骂"，"他妈的"不正风行于当下的中国吗？

"国骂"本来是个司空见惯的东西，我们平常都习惯了，没有任何人质疑。但鲁迅质疑了，还把问题开掘得如此之深。这样的文章，这样的思维，除鲁迅之外不会有第二个人拥有，《论"他妈的！"》也从此成为绝无仅有的一篇奇文。

郑重推荐的第二篇文章，题目也很怪，叫《我要骗人》[1]。很多人都认为鲁迅是说真话的，但鲁迅却说："我不想讲假话，但我并没有把我心里想讲的东西全部说出来。我说出一部分，人们就说太冷。如果我内心的冷气全部说出来，还有人愿意接近我，那这个人就是我真正的朋

七

友。"可见鲁迅是有所讲又有所不讲,并没有把想讲的话全部讲出来;而且,鲁迅还公开承认,在一定条件下,他还要"骗人"。

他讲到一个真实的故事:有一年冬天,他从家里走出来,在门口遇见一个小女孩。那时候有很多地方发生水灾,这个小女孩正在为灾民募捐。她见到鲁迅就抓住他的手,请求捐款。鲁迅作何反应呢?鲁迅知道,当时的国民党政府已经相当腐败,小女孩辛辛苦苦募捐来的钱是不会落到灾民手里的,一定会被那些水利局的老爷们给贪污掉。因此在他看来,小女孩的募捐是没有意义的。这是鲁迅心里想讲的话。但是鲁迅问自己:能把这些话讲出来吗?能对小女孩说,你这样做没意义、没价值吗?看到她那渴望的、热切的眼光,真的就说不出来。不但不会讲真话,还要骗她说,你做得非常好,我感激你。于是鲁迅从兜里拿出一大把钱给小

八

女孩，小女孩紧紧握住鲁迅的手连声谢谢。看着小女孩的身影越走越远，但鲁迅还分明感觉得到她手的温热，火一样烧灼着他的心——他骗了这个女孩子！鲁迅又反躬自问，难道我能不骗她吗？在那个时代，我能够处处、时时都说真话吗？他又想起远在北方的母亲已经八十多岁了，整天念叨的是要长生不老。他能对老母亲说，您不会长寿，您迟早要死的吗？他不但不能这么说，还要安慰她：母亲，您一生做了这么多好事，您一定长寿！但他的心里却明白，他说的不是真实。鲁迅由此得出结论：现在还不是披沥真实的时候，我要骗人！

不知道读者听了这个故事怎么想，我是非常震动的。我觉得，能够公开说真话的人固然了不起，但能够像鲁迅这样，如此真诚、坦率地承认自己也骗人，恐怕更应该得到我们的尊重。

九

这就引出了一个非常严肃的，也是我们每个人每一天都会遇到的问题——我们应该"如何言说"？这就要谈到鲁迅《野草》里的一篇文章，题目就叫《立论》。其实我们每天讲话都是在"立论"，问题是：如何立论？鲁迅设想了一个梦中的情景：一位老师正在教学生作文如何立论，讲了一个故事：有一户人家生了一个孩子，过满月的时候请亲戚朋友喝酒。一位客人说，这孩子将来要死的，结果招致一顿好打；另一位客人说，这孩子将来要发财升官，得到了众人的欢呼。这就说明，说真话要遭打，说假话反而受欢迎。学生问，老师，我既不愿意说假话，但也不愿意说真话被打，那我怎么办？老师对他说，你就这么回答吧："哎呀，这孩子，你瞧他多么……，哈哈哈哈哈……"

文中提出了三种说话方式：第一种，按照事实说话，说真话；第二种，按照别人的需要说话，说假话；还有一种，就是说模棱两可的话。我读到这里也很震动。因为我自己，我们每个人、每天都面临着这三种选择，而且最后很少选说真话、老实话、心里想说的话，大多数情况下，我们都在说假话，说不着边际、模棱两可、大家都这么说、自己也未必明白和相信的话。但谁也不去想它，不敢去正视它；但是鲁迅正视了，想了，还严肃认真地提出来了。鲁迅的特别之处就在这里。

对公共价值观的肯定与质疑

那么鲁迅对公认的价值观念，即所谓的公理、公意或定论的看法是怎样的呢？一个社会里会有很多公论，如科学、民主、平等、自由和爱国等，这些都是公认的价值观，似乎没有什么讨论的余地，接受、照办就是了。但鲁迅的态度却远没有这样简单、明确。他是如何看，又怎样对待的呢？

先说科学。鲁迅早在《科学史教篇》[1]一文里说过，科学，尤其是西方的现代科学传入中国，对中国未来的发展将会有深远的影响，所以他非常强调科学和科学思维。但在肯定的同时，鲁迅又提出警告：如果把科学当成一种宗教，陷入科学崇拜的陷阱，就是陷入唯科学主义，那么就可能使人生陷入枯竭，就会缺少美感、想象力，以及人类自身所拥有的情感。当你过分理性化，完全用理性思维来看待和对待社会、人生，就会压抑人的非理性，造成人性之不全。鲁迅的态度是，既赞成、提倡科学，又对科学可能带来的负面影响保持高度警惕。

1　收录于《坟》。

再看民主。鲁迅当然是民主的支持者、鼓吹者，但也提醒我们，民主有一条基本原则叫"少数服从多数"。如果因此忽略了少数人的不同意见和权利，就会导致多数人对少数人的压迫，即所谓"多数人专政"。就拿当下最为盛行的网络来说，一方面，确实大大增强了普通网民的知情权、发言权，促进了民主的发展；另一方面，也会造成"网络暴力"。因此也就不难理解鲁迅的民主观——既肯定民主，同时又质疑民主。

还有平等。鲁迅作为左翼知识分子，当然强调平等，但他也提醒我们，平等绝对不是平均主义。如果因为强调平等而否定竞争，把一切削平，结果就是把最高的砍掉了，最低的也上不来，反而会造成新的社会问题，甚至带来新的灾难。对于平等，鲁迅也是既肯定又有质疑。

再说自由。鲁迅当然强调自由，有记者曾经问过鲁迅，如果你现在面对一个中学生，你准备对他说什么？鲁迅说，我要对他说，第一步要争取言论自由。但他同时提出来，自由和平等可能是矛盾的。他批评当时的自由主义者，认为讲自由是对的，但如果过分强调自由，陷入纯粹的精英意识，就有可能忽略社会平等。

　　还有爱国。鲁迅毫无疑问是爱国主义者。鲁迅去世前，曾托他的三弟周建人带一封信给二弟周作人，这可能是周氏兄弟的最后一次对话。当时正是抗日战争的高潮时期，鲁迅在信中说，他注意到北方的很多教授都在救国宣言上签了名，但周作人没有签。鲁迅当然了解周作人为何不签，他和周作人有一个共同的看法：救国主要是政府的事，过分打民意牌来救国是不行的。在这个意义上，签名并不是特别有意义的事情，鲁迅是理解的。但是，他又提醒二弟：一个知识分子在民族生存问题上态度是绝对不能含糊的，你必须坚持爱国主义。这恰好击中了周作人的要害。因为周作人强调个体的人、世界的人，却恰恰忽略了作为社会的人、作为民族的人。国家、民族观念的淡薄，是周作人最后成为汉奸的内在原因，他为了救赎自己，不惜牺牲民族的利益。鲁迅在这里提醒我们，在存在民族、国家的现代社会里，每一个国民，包括知识分子，不管有怎样的理想、信念，都应该有基本的民族立场，都应该是一个爱国主义者。在这一点上鲁迅是不含糊的。但按照他的思维习惯，他也对过分宣扬爱国主义、民族主义提出了自己的担忧。

鲁迅要人们警惕那些爱国的自大家。他举例说，当时有这样一些言论：中国地大物博，开化最早，道德天下第一；外国文明虽然好，但中国的精神文明更好；外国人的东西中国早就有过；外国也有叫花子，因此中国最好。鲁迅说，这样的人完全不看自己民族的弱点，表现为"爱国的自大"，因此拒绝改革。中国现在已经是天下第一了，还改什么？然而不改革，中国就会走向灭亡，所以鲁迅把这种爱国者称为爱亡国者，爱的是亡国，不是爱国。他提醒人们，别看外国人总说中国好，其实有些外国人是希望中国成为他们赏玩、谋利的工具，对这种别有用心的吹捧者要保持必要的警惕。

鲁迅还提出了另一个命题。一九三四年，正是中日关系最紧张的时候，鲁迅却写文章说要向日本人学习——不管日本人有多少毛病，但"认真"这一点很值得中国人学，中国人最大的毛病就是不认真。这个命题很快就招来一顿臭骂，直到今天，还有人因此给鲁迅戴上"汉奸"的帽子。其实鲁迅是对的。两个人打架，怎样才能把对方完全打垮？只有把他的优点学过来，才能彻底地战胜他。鲁迅这种敢于向敌人学习的态度，才是真正的爱国主义，而那些拒绝向敌人学习的人，很难说是真正的爱国主义者。

这也引申出一个很严肃的问题——中国人如何和外国人相处？鲁迅说，中国人对于外国人，历来就有两种称呼，一个叫他禽兽，一个叫他圣人。当自己软弱的时候，就把外国人当作圣人捧起来；当自己强大了，就把外国人看作禽兽。其根本原因正在于没有真正的民族自信力，只好在自卑与自尊之间来回摇摆。鲁迅提醒我们，在强调爱国主义、民族主义的同时，必须警惕极端的爱国主义。爱国主义发展到极端，就可能陷入非理性；而陷入非理性的思维和情感中，对国家和民族的发展没有任何好处。

由此可见，鲁迅对我们习以为常、从不怀

一七

疑的东西，如科学、民主、自由、平等、爱国，都持有一种非常复杂的态度。他不是简单地肯定或否定，而是肯定中有否定，肯定中有质疑。他强调既要吸取这些价值观念，同时也要保持质疑的态度。要在吸取与质疑、肯定与否定之间不断旋转，使自己的思考逐步深入。这是一种鲁迅式的、既有坚守又有质疑的思维模式。

对传统伦理的看法

鲁迅对传统伦理道德的看法，在今天也是有意义的。比如说，孝道中有一个观念叫"报父母之恩"。鲁迅质疑这一点，也说得很坦率，也许今天仍会让一些人感到难以接受。他说，父母为什么生孩子？有两个原因，一个是要延

一八

续后代、延续生命，另一个就是要满足性交的欲望，可以说是出于人的本能而生下子女。这有什么"恩"可谈？说穿了，强调"恩"的背后，隐含着一个"因为我生了你，所以我有权力支配你"的逻辑。我有"恩"于你，因此你必须服从我。这完全是一种父权主义的思维，把父子关系变成了权力关系。鲁迅要质疑的正是这一点。

鲁迅说，你去看农村的家庭主妇，她在哺乳婴儿的时候，绝不会想到自己正在施恩。一个农夫爱他的子女，也绝不会想到他是在放债，将来孩子长大了要还债。所以鲁迅认为，这些都不是真正的爱，真正的爱是超越交换关系和利益关系的天性的爱。父母对子女的爱，子女对父母的爱，都是出于人的本性，没有什么道理可讲。而所谓的报恩，是一种权力观念。这种话现在讲起来可能还是会让很多人觉得大逆不道，但这恰恰是在抵制当今社会无所不在的权力意识对父子、母女关系的侵蚀。鲁迅要做的，就是要捍卫和恢复人的本性、本能的天伦关系。

许多人觉得更难接受的，是鲁迅关于爱的说法。《野草》中有一篇文章叫《过客》，其中有一个细节非常有意思。有一个人一直往前走，前方有他要追求的东西，走着走着，最后走累了，流血了。这时，他遇到一个小女孩，出于对这个过客的同情和爱，小女孩拿出一块破布给他，说请你包扎一下伤口吧。我们看这位过客是怎么反应的：他先是非常感动，立刻接受了这块破布，连声说谢谢。因为他这样孤独的战士，内心是渴望别人对他的同情和爱的。但稍想片刻后，他又坚决地把这块破布还给了小女孩，说我不但要拒绝你对我施恩，还要像老鹰一样在你的周围盘旋，祝福你早日死亡。这就让人无法理解了，他渴望爱，又拒绝爱，还希望爱他的人早点死亡。

还有一个故事，是关于鲁迅的好朋友许寿裳的。许夫人去世时，鲁迅发去了一封唁电。他先对许夫人的去世表示悼念，这是人之常情，但接着又说了一句话，他说反过来想，嫂夫人这么早去世，可能对你们孩子将来的成长是有利的。这就让人感到费解了。后来，有个大学生写信给鲁迅，说他不懂为什么要拒绝爱，甚至要诅咒爱？鲁迅说，非常简单，比如我们彼此不认识，没有任何感情纠葛，有一天在战场上搏斗，我可以毫不犹豫地一枪打死你。但现在我们认识了，有了感情，以后短兵相接的时候，我就不忍心开枪了。这样的情感纠葛，包括父母对子女的爱，会妨碍一个人的独来独往，妨碍一个人做出自己独立的选择。鲁迅说，人的独立性常常会蹉跌在爱上，这也是一个很奇怪的命题。"爱的专制"，看起来很难让普通人接受，事实上又时时困惑着每一个人。但谁也不敢触及，回避还不及，唯有鲁迅敢于正视，并公开揭示出来。他的良苦用心，是要将人的本性的爱，提升到一个理性的高度。我们也可以从中看出，鲁迅是真正懂得人性，以及人性的复杂性和丰富性的。

正面文章反面看

鲁迅又是怎样看待中国人的言说的呢？他对中国人的言说，包括报纸上的宣传，有两句概括：中国是一个文字的游戏国，中国人是做戏的虚无党。汉语可以说是全世界最灵活的语言，任何事情不好提，用汉语一说就变好了。

比如失业，我们不叫失业，叫待岗，一听待岗，就说明有工作的希望，好像问题就不严重了。这就是中国语言特有的灵活性，从另一个角度说也是游戏性。鲁迅由此提醒我们，在听中国人讲话、看中国人写的文章的时候要注意，"有明说要做其实不做的；有明说不做其实要做的；有明说做这样，其实要做那样的；有自己要这么做，倒说别人要那么做的；还有一声不响就做了的"。听到这样的讲话或宣传，如果你真的相信了，用鲁迅的话说，你就是个笨牛；如果你还照别人说的话认真做起来，那就是不合时宜。所有人都知道他在说谎，但每个人都做出一副相信他说的是真话的样子，而且这已经成为游戏规则。如果你说破了，你反而成为公敌。

鲁迅也认为，看待报纸的宣传是很大的难题。往往它拼命说什么，反而是因为它缺什么。

鲁迅举例说，我们平时不会想起自己的脑袋或肚子，对它们进行特别的保护。但只要有天头疼或拉肚子了，便会到处讲要注意卫生。如果听到这些话就以为这个人是个"卫生家"，你就上大当了。鲁迅由此写了一篇杂文，题目又怪又长，叫《由中国女人的脚，推定中国人之非中庸，又由此推定孔夫子有胃病》[1]。为什么说孔夫子有胃病呢？因为孔夫子有一句话叫"食不厌精"，如此强调饭菜要精细，就因为他有胃病嘛。当然这只是一篇游戏文章——鲁迅有许多这样的游戏文章，很值得一读，因为他在半开玩笑之中，讨论了许多严肃的问题，既好玩，又发人深思。

鲁迅追问"我们自己如何言说"；现在，他又要讨论"如何看待别人的言说，特别是那

---

1 收录于《南腔北调集》。

些冠冕堂皇的言说"。鲁迅说他有一个经验，就是"正面文章反面看"。这样去看报纸上的宣传，"大人物"的演说、报告，就很可怕。鲁迅举例说，当时报纸上登出一条消息，说国民党军队在某地和日军奋战多少天，歼敌多少人，要是正面文章反面看就明白了：根本没打。还有一篇报道，说日本某要人到中国访问，没有任何其他目的。不用说，这背后肯定有一个大阴谋，越说"没有"就越"有"。

恐怕不仅报纸如此，现在的网络也是如此。进入"后真相时代"，对于所有的问题，包括别人讲的话、宣传的话、网络上的话，都要有独立的思考、独立的判断，不能轻信。但是，反过来也不能随便质疑，报纸不能全都说假话，有时候也会说真话，如果什么都正面文章反面看，那就走到了另一个极端——陷入虚无主义的困境。

对一些思维定式的质疑

鲁迅还对很多我们的思维定式，以及那些成为感情选择的东西提出了质疑。比如，人们在回忆过去的时候总有避重就轻的倾向。回忆童年时只想最美好的方面，同学聚会时的怀旧也都是讲当年如何好，从不讲不愉快的事情。这是可以理解的，人的本性就是趋利避害的，这是一种本能的思维和情感选择。

但是，鲁迅对此提出了质疑。他问了三个问题：第一，童年就这么美好吗？他写过一篇文章叫《风筝》[1]，现在编入教材了。鲁迅回忆童年，会回忆什么？他不回忆最光彩的事情，就回忆他做的一件错事——把弟弟的风筝

1　收录于《野草》。

给踩了。其实我们每个人在童年也都做过类似的事情，但我们都不会去谈，只有鲁迅谈，而且提升到一定高度。他说这是对弟弟的"精神虐杀"，而且还不给自己后悔的机会——发现当年做了错事，就想现在做点弥补，跟弟弟一起再放风筝，但放来放去放不了了，两个人都老了，还放什么鬼风筝！又对弟弟说，对不起，当年踩了你的风筝。弟弟回应说，真的吗？我早忘了。连道歉都不行，这是一个无法挽回的错误，一段无法遗忘的痛苦经历。

当人们不满意于现实，就常常把希望寄托于未来，想象那是一个多么美好的黄金世界，这样的"乌托邦幻想"大概也是人之常情。鲁迅却偏偏提了一个非常尖锐的问题：黄金世界里就没有黑暗吗？他的回答是：照样有黑暗，而且还会杀人。这是基于鲁迅对人类社会的一种概括："曾经阔气的人要复古，正在阔气的人要维持现状，还没有阔气的要改革。"在任何社会、历史发展的任何阶段，都存在这样的三种人，三种选择，只不过"阔气"的概念不一样。20 世纪 80 年代"万元户"就称得上"阔气"了，现在"万元户"已不算什么，但依然有按现在的标准，"曾经阔气、正在阔气和未曾阔气"的三种人。即使进入了黄金世界，也还是如此，他们之间仍会有利益的博弈。而正在阔气的人往往是掌权者，他会利用掌握的权力，维持现状，并把不满意现状，"要复古""要改革"的人清除，甚至杀掉，所以鲁迅说到了黄金世界，也还有新的黑暗，甚至新的死亡。

我在养老院生活，养老院里的老人经常讲一句话：我活够了，死了就一了百了了。但鲁迅却要问：人死了就能了结一切吗？他有一篇非常奇特的文章，收在《野草》里，叫《死后》。他做了这样的想象：我死了，这就意味着我的运动神经不起作用了；但是，如果我的感觉神经还在，那又会有什么感觉呢？我们也不妨设想一下：我躺在地下，上面有独轮车经过，有汽车开过，轧着我的头，轧得我的牙龈都发酸了，但我不能动，不能做任何反应，只能强忍着。这时候又有一群人走过来，大概相当于我们今天开追悼会吧。一个人说："他死了！"用的是惊叹号，表示惊喜。另一个人说："他死了？"用的是问号，表示惊讶。第三位说："他死了。"用了句号，态度很平淡，死了就死了。他们或惊喜，或惊讶，或无所谓，我却愤怒了：我死了，跟你们有什么关系？活着的人开追悼会，无非做戏给活人看，与死者没有关系，说难听点，就是对死者的消费和利用。

这还不算，还有一个小蝇，在我旁边绕来绕去，我不能动，就让它嗡嗡地叫着："哎呀，祝贺你死了，你该死呀"，等等，等等，想赶走它也赶不走，我真的愤怒得昏厥了过去。鲁迅由此得出结论——死亡不是人生不幸的结束，而是新的更大的不幸的开始。这跟我们习惯性的思维太不一样了。所以有人让我在养老院里讲鲁迅，我说不能讲，讲这些问题不是扫了许多老人的兴吗？但要讲鲁迅就避不开这个。

鲁迅确实是一个不合时宜的人，他的思维太怪，太反常，太超出我们意料了。人们美化童年、过去，美化未来，美化死亡，无非是想找一个精神的避风港。这似乎也是人之常情。但鲁迅恰恰不允许我们——首先是他自己，有这样的避风港，他要我们正视现实，正视现实的令人不满之处，正视现实的种种不幸和曲折；他给我们指明的，就是一条出路：正视，反抗，而不逃避。这跟我们大部分人的选择是不一样的。

鲁迅存在的意义之一：
另一种声音，另一种可能性

至此，可以做一个总结——鲁迅是谁？他是一个彻底的怀疑主义者，他质疑和挑战一切公理、公意、共识、定论。对于主流意识形态，乃至整个中国文化而言，鲁迅都是一个异端、少数、边缘的人物。但同时，他也成为整个中国文化里的另一种存在，正因为是另一种存在，才有了另一种可能性。

然而，我们中国是讲究道统、法统的，中国文化也是同化力极强的一种文化，不允许异端的存在，所有异端都会被扼杀掉。中国的老百姓也习惯了在大一统的文化统治下生活，对既定的一切，从来不提出任何质疑，从来不考虑是否还有另外一种可能性存在。因此，鲁迅这样一个怀疑主义者，一个处在体制边缘，乃至体制外的批判者，是十分难得而重要的。可以说，中国文化多亏有了鲁迅，以及其他一些"异类"，才形成某种张力。文化发展要有张力，只有一种是不行的，不管你自认为主流文化多么完美，只要它是唯一化的，不允许另一种文化存在，这种文化就形成不了张力，没有发展的余地。鲁迅所代表的，正是未经规范、收编的另一种文化，另一种可能性；这就是鲁迅总让我们感到怪怪的，也让我们觉得难懂、更难接受的原因所在：我们太容易被收编、被规范化了。

现在可以回答今天为什么需要鲁迅，鲁迅对我们的意义在哪里了。我曾经有这样一个概括：当你春风得意的时候，你对你接受的教育、报纸上的宣传、老师所讲的内容，深信不疑，对自己现在的生活十分满意，在这种状态下，你是不会需要鲁迅的，即使读鲁迅作品，你也会本能地拒绝他，因为他讲的和你接受的、习惯的东西完全不一样。但是，当你对自己听惯的话，习惯的常规、常态、定论产生了不满，有了怀疑，有了想要打破既定秩序、冲破既定命运的想法时，你就会从鲁迅那里得到启发。这就是接受鲁迅的最佳时刻。当你要突破自己，要寻找另一种思考和发展可能性，这个时候你就读鲁迅。鲁迅对我们来说是另一种声音、另一种存在、另一种思维，也是另一种可能性。这就是鲁迅对我们的意义。

鲁迅存在的意义之二：
他使我们成为独立思考的人

　　还有更重要的一个方面，我们说鲁迅是彻底的怀疑主义者，那么这个怀疑，不只是他对我们、对别人、对既定一切的怀疑，更重要的是他对自己的怀疑。他的怀疑精神是指向自身的，这是鲁迅思想的彻底之处。所以读鲁迅作品的时候，或是真正进入鲁迅世界的时候，你会产生非常复杂的反应：一方面你发现，鲁迅的很多论述都是对你曾经相信的一切的一种颠覆，你会开始本能地怀疑它们，本能地拒绝它们；另一方面，在你真正接受它们的同时，你又免不了质疑——对吗？真的是这样吗？也就是说，在鲁迅面前你必须思考，他并不给你指出一条路来，也不想把他的思考强加于你。

我曾经做过一个研究，把鲁迅的演讲和胡适的演讲进行对比。鲁迅和胡适是当时最受北大学生欢迎的两位教授，根据当事人的回忆，人们对鲁迅和胡适演讲的反应是不一样的。胡适是一个非常自信的人，他自信掌握了真理，所以他的演讲非常明确、非常痛快，也非常简洁，告诉你路该怎么走。学生听了非常兴奋，现场反应极其热烈，大家目光闪闪地走出课堂，有胡先生在前面引路，我们跟着走就行了，这是胡适演讲的特色和效果。

　　而鲁迅不一样，他的演讲本身就充满矛盾，他刚提出一个命题，马上又质疑这个命题。他有一个很有意思的命题，当时有一个通行的说法——妇女解放之路，就是走娜拉"走出家庭"的路。鲁迅在演讲中也说，应该走出家庭，但紧接着他又提出疑问："娜拉走后怎样？"走出家庭能解决一切问题吗？鲁迅的回答很无情娜拉走出家庭，如果没有获得经济独立，迟早还是要回到家庭。这就把前面的命题颠覆掉，至少是复杂化了。这时候，作为听众，就要认真想一想：妇女到底怎样才能获得真正的解放？易卜生说的、鲁迅说的到底对不对？应该寻求自己的答案。

鲁迅的演讲、写作的目的，仅在于逼着你思考。他不把现成结论告诉你，他自己也在不断地质疑，把他思考的过程、质疑的过程都告诉你，然后由你自己做出选择，自己去思考。所以听鲁迅演讲非常吃力，没有像胡适那么顺当，因为你要一边听，一边紧张地想，他给你提供很多信息，而且是互相矛盾的各种信息、各种观点，然后你要思考到底是怎么回事。听完以后，你也说不出个所以然来。但有一点，和听之前相比，你有了变化，你开始独立思考了，这就是鲁迅的意义。

三六

鲁迅的独立性、怀疑精神，说到他拒绝收编，也绝不收编我们，这一点非常之重要。这关系到鲁迅和他的读者——我们的关系。鲁迅和我们每一个读者一样，都是真理的探讨者，谁（包括鲁迅）也不是真理的垄断者、宣讲者。我们读鲁迅的作品，就是和鲁迅一起思考，探讨真理。这也就是我们今天需要鲁迅的第二个，也是最重要的理由——他使我们成为一个独立思考的人。

鲁迅对我们的启示之一：
如何看待中国的现实？中国的希望在哪里？

　　讨论如果绝对化，也会产生片面性。因此，

还需要对以上所讲进行一番质疑：鲁迅他只有怀疑，没有肯定吗？他对于我们的意义仅仅在于让我们怀疑一切？他对我们有没有期待？所以，接下来还要讲一点：鲁迅不仅讲不应该怎么做——这是他主要的讲题，但同时他也对我们有所期待，有所引导，有许多建议，这些期待、引导和建议对我们是有正面的、建设性的意义的。接下来我想围绕这个中心，展开谈论切合当下现实的三点。

第一点，当今中国是一个分裂的社会，在"如何看待中国的现实"问题上更是一片混乱。有的人陷入盲目的乐观，更多的人则充满了焦虑、不安，在一些人中间，还弥漫着绝望的、虚无的情绪。于是就提出一个问题：如何看中国，中国的希望在哪里？鲁迅那个时代，也有过"中国人的自信力的有无"的争论。鲁迅也有他独特的思考。他写过一篇文章叫《中国人失掉自信力了吗》[1]，主要观点是："要论中国人，必须不被搽在表面的自欺欺人的脂粉所诓骗，却看看他的筋骨和脊梁。自信力的有无，状元宰相的文章是不足为据的，要自己去看地底下。"这里提出的，正是"如何看中国"的问题。

此处不妨谈谈我自己的经验。多年来，我一直充满焦虑地观察与思考中国的社会，看到很多官僚的作为和许多主流知识分子的表现，以及媒体的炒作，不仅绝望，而且不堪忍受。后来就遵循鲁迅的提示，自己去看"地底下"。根据我的条件，主要深入到两个群体。一个是第一线的中小学教师，另一个是青年志愿者组织。当然，中国的教师也很复杂，也有让大家失望的。但我发现，几乎每一所学校里，都有

1　收录于《且介亭杂文》。

为数不多但确实存在的"真正的教师"。他们凭着自己的教育良知和理想，在极其艰难的条件下，进行着一场"静悄悄的教育变革"。我还在一些青年志愿者中发现了"新一代的青年理想主义者"，他们冲破种种阻力和压力，集合起来，深入中国社会底层，改变自己的存在，努力为弱势群体服务。我感到自己找到了鲁迅说的中国的"筋骨和脊梁"，我也因此找到了自己的位置，即和他们站在一起，尽我的力量给他们以支持，更从他们那里汲取思想、智慧与力量，在相濡以沫中寻求生命的意义与快乐。

我清醒地知道，这些"筋骨和脊梁"的努力，包括我自己的努力，是不可能对中国的教育和社会的发展发挥应有的作用的，更不用说从根本上改变教育和社会的面貌，我们只能"帮一个、救一个孩子算一个"。因此，我在总体上依然充满焦虑，而且这种焦虑可以说是与日俱增。但我又确实从这些日常生活的努力里，看到了鲁迅在《记念刘和珍君》[1]里说的"微茫的希望"。更重要的是，我没有因为总体的绝望而消极、颓废，正像我在一篇文章里所说，"我存在着，我努力着，我们又彼此搀扶着，这就够了"。我自觉地把这些努力，看作是对鲁迅上述思想的实践，也可以说，我是从鲁迅这里找到了自己在当下中国的生命存在方式。这也是我对"中国的希望在哪里"这一问题的理解和回答——"希望在我们自己手里，在真实地生活、努力在中国大地上的普通百姓和知识分子手里"。

四一
1　收录于《华盖集》。

鲁迅对我们的启示之二：
"幸福的度日，合理的做人"

第二点，也是现实生活中常常遇到的一个很大的困难，特别是很多年轻朋友，觉得自己失去了生活的目标。人到底为什么活着？鲁迅的看法很值得我们参考。鲁迅说，我的历史使命就是"自己肩住黑暗的闸门，放年轻人到宽阔光明的地方去，此后幸福的度日，合理的做人"。鲁迅在这里提出一个理想，叫作"幸福的度日，合理的做人"，我觉得这也给我们提供了一个生活的目标。我在鲁迅这种说法的启发下，提出了一个"健康地、快乐地、有意义地活着"的命题。也不妨推荐给年轻朋友，看看这能不能成为你们生活的目标？

这里讲到"幸福""合理""健康""快乐"

和"有意义"，背后其实包含着两个基本的人生观的问题："幸福""健康""快乐"是一个"理想观"的问题；"合理""有意义"则是一个"价值观"的问题。

先谈"幸福"与"健康"。在鲁迅看来，这是一个物质和精神的关系问题。对此，鲁迅说了三句话：第一句是"钱是要紧的"，物质是基础，人对物质、金钱的追求是合理的；第二句是"自由不是钱所能买到的"，金钱并非万能，物质不能尽"人性之本"；第三句是自由"能够为钱所卖掉"，如果对金钱、物质崇尚过度，就会变成金钱、物质的奴隶，失去精神的自由。只注重外在的物质，抛弃内在的精神，就会被物欲所蔽，失去人的本性。鲁迅强调要"致人性于全"，人既是物质的动物，又是精神的动物，要在满足物质欲望和精神自由发展之间取得某种平衡。

再说"合理"和"有意义"。这是一个如何处理自我与他人、社会关系，也就是个人与集体关系的问题。鲁迅也说了两句话：第一句是"人各有己，人之大觉近矣"，每个人都感觉到自我的存在与价值，人群就接近彻底的觉悟了，自我的觉醒是社会觉醒的基础与前提；第二句是"无数的人们都和我有关"，"博大的诗人"能够"感得全人间世"的欢乐与痛苦，绝不是"咀嚼身边小小的悲欢，而且就看这小悲欢为全世界"。这也涉及人的本性，人既是个人性的动物，又是社会性的动物，要在个体发展和社会责任之间，个人和他人、集体关系中取得某种平衡。鲁迅据此提出了"自他两利"的新的道德观、价值观。

鲁迅所说的"幸福的度日，合理的做人"，关键是如何在物质与精神，个人与社会、集体关系中取得平衡，归根结底，是一个人性的健全发展的问题。它关系到我们每个人"为什么活着""怎样活着"的根本。

鲁迅对我们的启示之三：
韧性与智慧，我们应该以什么精神去做事情？

第三个问题，我们怎么办？应该以什么精神去做事情？鲁迅也有两个说法，要有韧性的精神，要有智慧。什么叫韧性精神？鲁迅有一个通俗的说法——如果你到天津去，下了火车，就会碰见天津的"青皮"，就是有点流氓气的人。你有行李，他给你运；你问他，到某个地方去，要几块钱？他说两块。你说两块太贵了，便宜点。不行，两块。我不要了。不行，还是两块。鲁迅说，"青皮"的流氓气固然不好，

四
五

但这种"认准目标，不达目的绝不罢休"的精神却值得学习。目标不用特别宏大，认准了就做，而且要非做成不可，这就是韧性精神。鲁迅批评说，年轻人容易三分钟热度，一切都想要赶快成功，不成功就泄气、垮台。这不行。鲁迅说，有了目标之后，人有两种选择：一种是不吃不喝不睡拼命干，这持续不了多久；另一种则是一边干，一边照样交朋友、谈恋爱、泡图书馆，就可以持续很长时间，五年，十年，二三十年，四五十年。我把鲁迅的意思做了一个概括，叫"边打边玩"。"只打不玩"，精神可嘉，但每个人，包括我在内，都做不到；"只玩不打"，这也是一种人生选择，你不能说"只玩"就不对，鲁迅早就说过，青年有"睡着的""玩着的"，我的看法是，只要他用诚实的劳动，取得合法的报酬，他怎么睡、怎么玩都可以。但鲁迅说，更有"要前进"的青年，这些人大概就不愿意"只玩不打"，还有所追求。合理的选择就是"边玩边打"。所谓"打"就是按照自己的追求做一些事情，该做什么做什么，但是该玩还得玩，这样才能有张有弛，奋斗而不息。

另外，还得讲智慧，"打"也得有智慧，看准目标打，不能乱打，不能盲动。智慧也有三条：第一条，要善于钻空子。体制是有很多空间的，并不是铁板一块，你怎样利用这个空间，利用各种可能性来寻找发展的机会，这需要智慧；第二条，要善于保护自己。不能莽撞盲打，有人"打"一次就牺牲掉了，那怎么行；还有一条，要慢而不息。中国的事不能急，慢慢做，但又要不停地做。田径比赛中拿冠军的固然值得钦佩，但最后一个跑到终点，能坚持到底的，更值得我们尊敬。我们大部分人都不是拿冠军的料，但我们可以慢慢走，不耻最后。

上述三个方面——如何看待现实，希望在哪里；如何认定自己的人生目标；应该怎么做——都是我们经常遇到的人生命题，鲁迅以他丰富的经验和特殊的智慧，给我们提供了许多建议（鲁迅作品里有很多这样的建议），在我们彷徨、苦闷的时候，确实能给我们以教益。当然不需要完全照搬，但至少可以得到一些启发。

作为文学家的鲁迅的意义

以上讲了很多鲁迅的意义，其实都偏于鲁迅的思想，最后还有很重要的一个方面，那就是鲁迅的语言文字——作为文学家的鲁迅对我们的意义。鲁迅的思想和鲁迅的文学是统一的进入鲁迅的世界，首先要从文字进入。有的读者的脑子里很早就有太多鲁迅是某某"家"的想法，从各种"家"的角度去看鲁迅就很难接近，而有些人对鲁迅没有先入主见，就是从语言文字开始去接近他。比如读鲁迅《父亲的病》[1]，里面有一个细节，讲到父亲临终之前，"我"发现父亲太痛苦了，就产生了一个想法：父亲还不如早点死掉。这样一段描写，让一位读者大受感动，他说其实自己在父亲临终前也曾有过鲁迅的这种想法，但不敢讲；而鲁迅却有勇气说出自己内心的感受，而且用这样美的语言来表达，他从这里懂得了鲁迅，接近了鲁迅。在我看来，把一切"前理解"全部抛弃，老老实实地读原著，品味鲁迅的语言文字之美，由此感受鲁迅思想之美、人性之美，这才能真

1　收录于《朝花夕拾》。

正进入鲁迅的世界。

鲁迅语言的特点，简单说来就是：它把中国现代汉语表意、抒情的功能发挥到了极致。周作人曾经说过，汉语有三大特点，一个是绘画性，一个是音乐性，另一个是游戏性。而这"三性"在鲁迅的作品里得到了完美的体现。鲁迅的语言还有一个特点，大家读鲁迅的文章时常常会感觉到鲁迅的话"不通"。这是他打破常规的表达方法，有意破坏语法和修辞，因为鲁迅要表达一些语言难以表达的东西。鲁迅有一句话："当我沉默着的时候，我觉得充实；我将开口，同时感到空虚。"其实我们每个人都有这种体验：真正想讲的东西，完全属于内在体验的、感情的东西，是说不出来的，说出来就变样了。这是语言的局限，而鲁迅就是要挑战这个局限。他要用语言来表达一些语言难以表达的复杂的情感和心理，所以他常常破坏现有语言的规则、现有的修辞学，做"语言的冒险"，创造一种非常独特的修辞、一种新的语言。这可能是鲁迅的文字更具魅力的地方。

因此我曾经提出，要理解鲁迅的语言，不能完全靠默读，而是需要朗读。鲁迅语言的韵味，那浓烈而又千旋万转的情感，很多只可意会不可言传的东西，需要朗读才能体会。所以，最后的最后，请读到这里的你，试着朗读《野草》中的名篇《雪》，感受这种境界——

江南的雪，可是滋润美艳之至了；那是还在隐约着的青春的消息，是极壮健的处子的皮肤。雪野中有血红的宝珠山茶，白中隐青的单瓣梅花，深黄的磬口的蜡梅花；雪下面还有冷绿的杂草。胡蝶确乎没有；蜜蜂是否来采山茶花和梅花的蜜，我可记不真切了。但我的眼前仿佛看见冬花开在雪野中，有许多蜜蜂们忙碌地飞着，也听得他们嗡嗡地闹着。

孩子们呵着冻得通红，像紫芽姜一般的小手，七八个一齐来塑雪罗汉。因为不成功，谁的父亲也来帮忙了。罗汉就塑得比孩子们高得多，虽然不过是上小下大的一堆，终于分不清是壶卢还是罗汉；然而很洁白，很明艳，以自身的滋润相粘结，整个地闪闪地生光。

但是，朔方的雪花在纷飞之后，却永远如粉，如沙，他们决不粘连，撒在屋上，地上，枯草上，就是这样。屋上的雪是早已就有消化了的，因为屋里居人的火的温热。别的，在晴天之下，旋风忽来，便蓬勃地奋飞，在日光中灿灿地生光，如包藏火焰的大雾，旋转而且升腾，弥漫太空，使太空旋转而且升腾地闪烁。

在无边的旷野上，在凛冽的天宇下，闪闪地旋转升腾着的是雨的精魂……

是的，那是孤独的雪，是死掉的雨，是雨的精魂。

我即使老，即使死，却决不会将地球带进棺材里去，它还年青，它还存在，希望正在将来。

题记

一两年前，上海有一位文学家，现在是好象不在这里了，那时候，却常常拉别人为材料，来写她的所谓"素描"。我也没有被赦免。据说，我极喜欢演说，但讲话的时候是口吃的，至于用语，则是南腔北调。前两点我很惊奇，后一点可是十分佩服了。真的，我不会说绵软的苏白，不会打响亮的京腔，不入调，不入流，实在是南腔北调。而且近几年来，这缺点还有开拓到文字上去的趋势；《语丝》早经停刊，没有了任意说话的地方，打杂的笔墨，是也得给各个编辑者设身处地地想一想的，于是文章也就不能划一不二，可说之处说一点，不能说之处便罢休。即使在电影上，不也有时看得见黑奴怒形于色的时候，一有同是黑奴而手里拿着皮鞭的走过来，便赶紧低下头去么？我也毫不强横。

一俯一仰，居然又到年底，邻近有几家放鞭爆，原来一过夜，就要"天增岁月人增寿"了。静着没事，有意无意的翻出这两年所作的杂文稿子来，排了一下，看看已经足够印成一本，同时记得了那上面所说的"素描"里的话，便名之曰《南腔北调集》，准备和还未成书的将来的《五讲三嘘集》配对。我在私塾里读书时，对过对，这积习至今没有洗干净，题目上有时就玩些什么《偶成》《漫与》《作文秘诀》

《捣鬼心传》，这回却闹到书名上来了。这是不足为训的。

　　其次，就自己想：今年印过一本《伪自由书》，如果这也付印，那明年就又有一本了。于是自己觉得笑了一笑。这笑，是有些恶意的，因为我这时想到了梁实秋先生，他在北方一面做教授，一面编副刊，一位喽啰儿就在那副刊上说我和美国的门肯（H. L. Mencken）[1] 相像，因为每年都要出一本书。每年出一本书就会像每年也出一本书的门肯，那么，吃大菜而做教授，真可以等于美国的白璧德了。低能好象是也可以传授似的。但梁教授极不愿意因他而牵连白璧德，是据说小人的造谣；不过门肯却正是和白璧德相反的人，以我比彼，虽出自徒孙

1　门肯（1880—1956），美国文学评论家、社会批评家，一生著作颇丰，在二十世纪三十年代，曾同时为美国所有主流报刊供稿。代表作有评论集《萧伯纳戏剧》《偏见集》学术性著作《美国语言》等。

之口，骨子里却还是白老夫子的鬼魂在作怪。指头一拨，君子就翻一个筋斗，我觉得我到底也还有手腕和眼睛。

不过这是小事情。举其大者，则一看去年一月八日所写的《非所计也》，就好象着了鬼迷，做了恶梦，胡里胡涂，不久就整两年。怪事随时袭来，我们也随时忘却，倘不重温这些杂感，连我自己做过短评的人，也毫不记得了。一年要出一本书，确也可以使学者们摇头的，然而只有这一本，虽然浅薄，却还借此存留一点遗闻逸事，以中国之大，世变之亟，恐怕也未必就算太多了罢。

两年来所作的杂文，除登在《自由谈》上者外，几乎都在这里面；书的序跋，却只选了自以为还有几句可取的几篇。曾经登载这些的刊物，是《十字街头》《文学月报》《北斗》《现

代》《涛声》《论语》《申报月刊》《文学》等，
当时是大抵用了别的笔名投稿的；但有一篇没
有发表过。

一九三三年十二月三十一日之夜，

于上海寓斋记。

六

一九三二年

"非所计也"

新年第一回的《申报》（一月七日）用"要电"告诉我们："闻陈（外交总长印友仁）与芳泽友谊甚深，外交界观察，芳泽回国任日外长，东省[1]交涉可望以陈之私人感情，得一较好之解决云。"

中国的外交界看惯了在中国什么都是"私人感情"，这样的"观察"，原也无足怪的。但

[1] 民国时期的"东省"为今黑龙江省、吉林省、辽宁省的统称。

从这一个"观察"中，又可以"观察"出"私人感情"在政府里之重要。

然而同日的《申报》上，又用"要电"告诉了我们："锦州三日失守，连山、绥中续告陷落，日陆战队到山海关在车站悬日旗……"

而同日的《申报》上，又用"要闻"告诉我们"陈友仁对东省问题宣言"云："……前日已命令张学良固守锦州，积极抵抗，今后仍坚持此旨，决不稍变，即不幸而挫败，非所计也。……"

然则"友谊"和"私人感情"，好象也如"国联"以及"公理""正义"之类一样的无效，"暴日"似乎不像中国，专讲这些的，这真只得"不幸而挫败，非所计也"了。

也许爱国志士，又要上京请愿了罢。当然，"爱国热忱"，是"殊堪嘉许"的，但第一自然要不"越轨"，第二还是自己想一想，和内政部长、卫戍司令诸大人"友谊"怎样，"私人感情"又怎样。倘不"甚深"，据内政界观察，是不但难"得一较好之解决"，而且——请恕我直言——恐怕仍旧要有人"自行失足落水淹死"的。

所以未去之前，最好是拟一宣言，结末道："即不幸而'自行失足落水淹死'，非所计也！"然而又要觉悟这说的是真话。

二

林克多《苏联闻见录》序

　　大约总归是十年以前罢，我因为生了病，到一个外国医院去请诊治，在那待诊室里放着的一本德国《星期报》（*Die Woche*）上，看见了一幅关于俄国十月革命的漫画，画着法官，教师，连医生和看护妇，也都横眉怒目，捏着手枪。这是我最先看见的关于十月革命的讽刺画，但也不过心里想，有这样凶暴么，觉得好笑罢了。后来看了几个西洋人的旅行记，有的说是怎样好，有的又说是怎样坏，这才莫名其妙起来。但到底也是自己断定：这革命恐怕对于穷人有了好处，那么对于阔人就一定是坏的，有些旅行者为穷人设想，所以觉得好，倘若替阔人打算，那自然就都是坏处了。

但后来又看见一幅讽刺画，是英文的，画着用纸版剪成的工厂、学校、育儿院等等，竖在道路的两边，使参观者坐着摩托车，从中间驶过。这是针对着做旅行记述说苏联的好处的作者们而发的，犹言参观的时候，受了他们的欺骗。政治和经济的事，我是外行，但看去年苏联煤油和麦子的输出，竟弄得资本主义文明国的人们那么骇怕的事实，却将我多年的疑团消释了。我想：假装面子的国度和专会杀人的人民，是决不会有这么巨大的生产力的，可见那些讽刺画倒是无耻的欺骗。

不过我们中国人实在有一点小毛病，就是不大爱听别国的好处，尤其是清党之后，提起那日有建设的苏联。一提到罢，不是说你意在宣传，就是说你得了卢布。而且宣传这两个字，在中国实在是被糟蹋得太不成样子了，人们看惯了什么阔人的通电，什么会议的宣言，什么名人的谈话，发表之后，立刻无影无踪，还不如一个屁的臭得长久，于是渐以为凡有讲述远处或将来的优点的文字，都是欺人之谈，所谓宣传，只是一个为了自利，而漫天说谎的雅号。

自然，在目前的中国，这一类的东西是常有的，靠了钦定或官许的力量，到处推销无阻，可是读的人们却不多，因为宣传的事，是必须在现在或到后来有事实来证明的，这才可以叫作宣传。而中国现行的所谓宣传，则不但后来只有证明这"宣传"确凿就是说谎的事实而已，还有一种坏结果，是令人对于凡有记述文字逐渐起了疑心，临末弄得索性不看。即如我自己就受了这影响，报章上说的什么新旧三都的伟观，南北两京的新气，固然只要看见标题就觉得肉麻了，而且连讲外国的游记，也竟至于不大想去翻动它。

但这一年内，也遇到了两部不必用心戒备，居然看完了的书，一是胡愈之[1]先生的《莫斯科印象记》，一就是这《苏联闻见录》。因为我的辨认草字的力量太小的缘故，看下去很费力，但为了想看看这自说"为了吃饭问题，不得不去做工"的工人作者[2]的见闻，到底看下去了。虽然中间遇到好象讲解统计表一般的地方，在我自己，未免觉得枯燥，但好在并不多，到底也看下去了。那原因，就在作者仿佛对朋友谈天似的，不用美丽的字眼，不用巧妙的做法，

1　胡愈之（1896—1986），翻译家、编辑家，曾遭国民党政府迫害流亡法国，后以世界语学者身份前往苏联考察。

2　《苏联闻见录》的作者林克多，原名李平，青年时代曾在巴黎和苏联做工。

平铺直叙，说了下去，作者是平常的人，文章是平常的文章，所见所闻的苏联，是平平常常的地方，那人民，是平平常常的人物，所设施的正是合于人情，生活也不过像了人样，并没有什么希奇古怪。倘要从中猎艳搜奇，自然免不了会失望，然而要知道一些不搽粉墨的真相，却是很好的。

　　而且由此也可以明白一点世界上的资本主义文明国之定要进攻苏联的原因。工农都像了人样，于资本家和地主是极不利的，所以一定先要歼灭了这工农大众的模范。苏联愈平常，他们就愈害怕。前五六年，北京盛传广东的裸体游行，后来南京、上海又盛传汉口的裸体游行，就是但愿敌方的不平常的证据。据这书里面的记述，苏联实在使他们失望了。为什么呢？因为不但共妻，杀父，裸体游行等类的"不平常的事"，确然没有而已，倒是有了许多极平常的事实，那就是将"宗教、家庭、财产、祖国、礼教……一切神圣不可侵犯"的东西都像粪一般抛掉，而一个簇新的，真正空前的社会制度从地狱底里涌现而出，几万万的群众自己做了支配自己命运的人。这种极平常的事情，是只有"匪徒"才干得出来的。该杀者，"匪徒"也。

但作者的到苏联，已在十月革命后十年，所以只将他们之"能坚苦，耐劳，勇敢与牺牲"告诉我们，而怎样苦斗，才能够得到现在的结果，那些故事，却讲得很少。这自然是别种著作的任务，不能责成作者全都负担起来，但读者是万不可忽略这一点的，否则，就如印度的《譬喻经》所说，要造高楼，而反对在地上立柱，据说是因为他要造的，是离地的高楼一样。

我不加戒备的将这读完了，即因为上文所说的原因。而我相信这书所说的苏联的好处的，也还有一个原因，那就是十来年前，说过苏联怎么不行怎么无望的所谓文明国人，去年已在苏联的煤油和麦子面前发抖。而且我看见确凿的事实：他们是在吸中国的膏血，夺中国的土地，杀中国的人民。他们是大骗子，他们说苏联坏，要进攻苏联，就可见苏联是好的了。这一部书，正也转过来是我的意见的实证。

一九三二年四月二十日，鲁迅于上海闸北寓楼记。

一八

我们不再受骗了

　　帝国主义是一定要进攻苏联的。苏联愈弄得好，它们愈急于要进攻，因为它们愈要趋于灭亡。

　　我们被帝国主义及其侍从们真是骗得长久了。十月革命之后，它们总是说苏联怎么穷下去，怎么凶恶，怎么破坏文化。但现在的事实怎样？小麦和煤油的输出，不是使世界吃惊了么？正面之敌的实业党的首领，不是也只判了十年的监禁么？列宁格勒、墨斯科的图书馆和博物馆，不是都没有被炸掉么？文学家如绥拉菲摩维支、法捷耶夫、革拉特珂夫、绥甫林娜[1]、唆罗诃夫[2]等，不是西欧、东亚，无不赞美他们的作品么？关于艺术的事我不大知道，但据乌曼斯基（K. Umansky）[3]说，一九一九年中，在墨斯科的展览会就有二十次，列宁格勒两次（*Neue Kunst in Russland*[4]），则现在的旺盛，更是可想而知了。

然而谣言家是极无耻而且巧妙的，一到事实证明了他的话是撒谎时，他就躲下，另外又来一批。

---

1   即谢夫林娜（1889—1954），苏联女作家，代表作《肥料》《维丽涅雅》等。鲁迅曾根据《肥料》的日译本将其译成中文。

2   即肖洛霍夫（1905—1984），苏联作家，代表作《静静的顿河》。

3   即图曼斯基（1800—1860），俄国诗人、外交家。他的诗作曾得到普希金的赞赏。

4   即图曼斯基的著作《俄国的新艺术》。

二〇

新近我看见一本小册子，是说美国的财政有复兴的希望的，序上说，苏联的购领物品，必须排成长串，现在也无异于从前，仿佛他很为排成长串的人们抱不平，发慈悲一样。

这一事，我是相信的，因为苏联内是正在建设的途中，外是受着帝国主义的压迫，许多物品，当然不能充足。但我们也听到别国的失业者，排着长串向饥寒进行；中国的人民，在内战，在外侮，在水灾，在榨取的大罗网之下，排着长串而进向死亡去。

然而帝国主义及其奴才们，还来对我们说苏联怎么不好，好象它倒愿意苏联一下子就变成天堂，人们个个享福。现在竟这样子，它失望了，不舒服了。——这真是恶鬼的眼泪。

一睁开眼，就露出恶鬼的本相来的，——它要去惩办了。

二

它一面去惩办，一面来诬骗。正义、人道、

公理之类的话，又要满天飞舞了。但我们记得，欧洲大战时候，飞舞过一回的，骗得我们的许多苦工，到前线去替它们死，接着是在北京的中央公园里竖了一块无耻的，愚不可及的"公理战胜"的牌坊（但后来又改掉了）。现在怎样？"公理"在那里？这事还不过十六年，我们记得的。

帝国主义和我们，除了它的奴才之外，那一样利害不和我们正相反？我们的痫疽，是它们的宝贝，那么，它们的敌人，当然是我们的朋友了。它们自身正在崩溃下去，无法支持，为挽救自己的末运，便憎恶苏联的向上。谣诼，诅咒，怨恨，无所不至，没有效，终于只得准备动手去打了，一定要灭掉它才睡得着。但我们干什么呢？我们还会再被骗么？

"苏联是无产阶级专政的，智识阶级就要饿死。"—— 一位有名的记者曾经这样警告我。

是的，这倒恐怕要使我也有些睡不着了。但无产阶级专政，不是为了将来的无阶级社会么？只要你不去谋害它，自然成功就早，阶级的消灭也就早，那时就谁也不会"饿死"了。不消说，排长串是一时难免的，但到底会快起来。

帝国主义的奴才们要去打，自己（！）跟着它的主人去打去就是。我们人民和它们是利害完全相反的。我们反对进攻苏联。我们倒要打倒进攻苏联的恶鬼，无论它说着怎样甜腻的话头，装着怎样公正的面孔。

这才也是我们自己的生路！

五月六日。

二三

《竖琴》前记

俄国的文学，从尼古拉斯二世时候以来，就是"为人生"的，无论它的主意是在探究，或在解决，或者堕入神秘，沦于颓唐，而其主流还是一个：为人生。

这一种思想，在大约二十年前即与中国一部分的文艺绍介者合流，陀思妥夫斯基，都介涅夫，契诃夫，托尔斯泰之名，渐渐出现于文字上，并且陆续翻译了他们的一些作品，那时组织的介绍"被压迫民族文学"的是上海的文

二四

学研究会，也将他们算作为被压迫者而呼号的作家的。

凡这些，离无产者文学本来还很远，所以凡所绍介的作品，自然大抵是叫唤，呻吟，困穷，酸辛，至多，也不过是一点挣扎。

但已经使又一部分人很不高兴了，就招来了两标军马的围剿。创造社竖起了"为艺术的艺术"的大旗，喊着"自我表现"的口号，要用波斯诗人的酒杯，"黄书"文士的手杖，将这些"庸俗"打平。还有一标是那些受过了英国的小说在供绅士淑女的欣赏，美国的小说家在迎合读者的心思这些"文艺理论"的洗礼而回来的，一听到下层社会的叫唤和呻吟，就使他们眉头百结，扬起了带着白手套的纤手，挥斥道：这些下流都从"艺术之宫"里滚出去！

而且中国原来还有着一标布满全国的旧式的军马，这就是以小说为"闲书"的人们。小说，是供"看官"们茶余酒后的消遣之用的，所以要优雅，超逸，万不可使读者不欢，打断他消闲的雅兴。此说虽古，但却与英美时行的小说论合流，于是这三标新旧的大军，就不约而同的来痛剿了"为人生的文学"——俄国文学。

然而还是有着不少共鸣的人们，所以它在中国仍然是宛转曲折的生长着。

但它在本土，却突然凋零下去了。在这以前，原有许多作者企望着转变的，而十月革命的到来，却给了他们一个意外的莫大的打击。于是有梅垒什珂斯基夫妇（D. S. Merezhikovski i Z. N. Hippius），库普林（A. I. Kuprin），蒲宁（I. A. Bunin），安特来夫（L. N. Andreev）之流的逃亡，阿尔志跋绥夫（M. P. Artzybashev），梭罗古勃（Fiodor Sologub）之流的沉默，旧作家的还在活动者，只剩了勃留梭夫（Valeri Briusov），惠垒赛耶夫（V. Veresaiev），戈理基（Maxim Gorki），玛亚珂夫斯基（V. V. Mayakovski）这几个人，到后来，还回来了一个亚历舍·托尔斯泰（Aleksei N. Tolstoi）。此外也没有什么显著的新起的人物，在国内战争和列强封锁中的文苑，是只见萎谢和荒凉了。

至一九二○年顷，新经济政策实行了，造纸，印刷，出版等项事业的勃兴，也帮助了文艺的复活，这时的最重要的枢纽，是一个文学团体"绥拉比翁的兄弟们"（Serapionsbrüder）。

这一派的出现，表面上是始于二一年二月一日，在列宁格拉"艺术府"里的第一回集会的，加盟者大抵是年青的文人，那立场是在一切立场的否定。淑雪兼珂说过："从党人的观点看起来，我是没有宗旨的人物。这不很好么？自己说起自己来，则我既不是共产主义者，也不是社会革命党员，也不是帝制主义者。我只是一个俄国人，而且对于政治，是没有操持的。大概和我最相近的，是布尔塞维克，和他们一同布尔塞维克化，我是赞成的。……但我爱农民的俄国。"这就很明白的说出了他们的立场。

但在那时，这一个文学团体的出现，却确是一种惊异，不久就几乎席卷了全国的文坛。在苏联中，这样的非苏维埃的文学的勃兴，是很足以令人奇怪的。然而理由很简单：当时的革命者，正忙于实行，惟有这些青年文人发表了较为优秀的作品者其一；他们虽非革命者，而身历了铁和火的试练，所以凡所描写的恐怖和战栗，兴奋和感激，易得读者的共鸣者其二；其三，则当时指挥文学界的瓦浪斯基，是很给他们支持的。讬罗茨基也是支持者之一，称之为"同路人"。同路人者，谓因革命中所含有的英雄主义而接受革命，一同前行，但并无彻底为革命而斗争，虽死不惜的信念，仅是一时同道的伴侣罢了。这名称，由那时一直使用到现在。

然而，单说是"爱文学"而没有明确的观念形态的徽帜的"绥拉比翁的兄弟们"，也终于逐渐失掉了作为团体的存在的意义，始于涣散，继以消亡，后来就和别的同路人们一样，各各由他个人的才力，受着文学上的评价了。

在四五年以前，中国又曾盛大的绍介了苏联文学，然而就是这同路人的作品居多。这也是无足异的。一者，此种文学的兴起较为在先，颇为西欧及日本所赏赞和介绍，给中国也得了不少转译的机缘；二者，恐怕也还是这种没有立场的立场，反而易得介绍者的赏识之故了，虽然他自以为是"革命文学者"。

我向来是想介绍东欧文学的一个人，也曾译过几篇同路人作品，现在就合了十个人的短篇为一集，其中的三篇，是别人的翻译，我相信为很可靠的。可惜的是限于篇幅，不能将有名的作家全都收罗在内，使这本书较为完善，但我相信曹靖华君的《烟袋》和《四十一》，是可以补这缺陷的。

至于各个作者的略传，和各篇作品的翻译或重译的来源，都写在卷末的《后记》里，读者倘有兴致，自去翻检就是了。

一九三二年九月九日，鲁迅记于上海。

论"第三种人"

　　这三年来，关于文艺上的论争是沉寂的，除了在指挥刀的保护之下，挂着"左翼"的招牌，在马克斯主义里发见了文艺自由论，列宁主义里找到了杀尽"共匪"说的论客的"理论"之外，几乎没有人能够开口，然而，倘是"为文艺而文艺"的文艺，却还是"自由"的，因为他决没有收了卢布的嫌疑。但在"第三种人"，就是"死抱住文学不放的人"，又不免有一种苦痛的豫感：左翼文坛要说他是"资产阶级的走狗”。

代表了这一种“第三种人”来鸣不平的，是《现代》杂志第三和第六期上的苏汶先生的文章（我在这里先应该声明：我为便利起见，暂且用了“代表”“第三种人”这些字眼，虽然明知道苏汶先生的“作家之群”，是也如拒绝“或者”“多少”“影响”这一类不十分决定的字眼一样，不要固定的名称的，因为名称一固定，也就不自由了）。他以为左翼的批评家，动不动就说作家是“资产阶级的走狗”，甚至于将中立者认为非中立，而一非中立，便有认为“资产阶级的走狗”的可能，号称“左翼作家”者既然“左而不作”，“第三种人”又要作而不敢，于是文坛上便没有东西了。然而文艺据说至少有一部分是超出于阶级斗争之外的，为将来的，就是“第三种人”所抱住的真的，永久的文艺。——但可惜，被左翼理论家弄得不敢作了，因为作家在未作之前，就有了被骂的豫感。

我相信这种豫感是会有的，而以"第三种人"自命的作家，也愈加容易有。我也相信作者所说，现在很有懂得理论，而感情难变的作家。然而感情不变，则懂得理论的度数，就不免和感情已变或略变者有些不同，而看法也就因此两样。苏汶先生的看法，由我看来，是并不正确的。

自然，自从有了左翼文坛以来，理论家曾经犯过错误，作家之中，也不但如苏汶先生所说，有"左而不作"的，并且还有由左而右，甚至于化为民族主义文学的小卒，书坊的老板，敌党的探子的，然而这些讨厌左翼文坛了的文学家所遗下的左翼文坛，却依然存在，不但存在，还在发展，克服自己的坏处，向文艺这神圣之地进军。苏汶先生问过：克服了三年，还没有克服好么？回答是：是的，还要克服下去，三十年也说不定。然而一面克服着，一面进军着，不会做待到克服完成，然后行进那样的傻事的。但是，苏汶先生说过"笑话"：左翼作家在从资本家取得稿费；现在我来说一句真话，是左翼作家还在受封建的资本主义的社会的法律的压迫，禁锢，杀戮。所以左翼刊物，全被摧残，现在非常寥寥，即偶有发表，批评作品的也绝少，而偶有批评作品的，也并未动不动便指作家为"资产阶级的走狗"，而且不要"同路人"。左翼作家并不是从天上掉下来的神兵，或国外杀进来的仇敌，他不但要那同走几步的"同路人"，还要招致那站在路旁看看的看客也一同前进。

　　但现在要问：左翼文坛现在因为受着压迫，不能发表很多的批评，倘一旦有了发表的可能，不至于动不动就指"第三种人"为"资产阶级的走狗"么？我想，倘若左翼批评家没有宣誓不说，又只从坏处着想，那是有这可能的，也可以想得比这还要坏。不过我以为这种豫测，实在和想到地球也许有破裂之一日，而先行自杀一样，大可以不必的。

然而苏汶先生的"第三种人"，却据说是为了这未来的恐怖而"搁笔"了。未曾身历，仅仅因为心造的幻影而搁笔，"死抱住文学不放"的作者的拥抱力，又何其弱呢？两个爱人，有因为豫防将来的社会上的斥责而不敢拥抱的么？

其实，这"第三种人"的"搁笔"，原因并不在左翼批评的严酷。真实原因的所在，是在做不成这样的"第三种人"，做不成这样的人，也就没有了第三种笔，搁与不搁，还谈不到。

生在有阶级的社会里而要做超阶级的作

家，生在战斗的时代而要离开战斗而独立，生在现在而要做给与将来的作品，这样的人，实在也是一个心造的幻影，在现实世界上是没有的。要做这样的人，恰如用自己的手拔着头发，要离开地球一样，他离不开，焦躁着，然而并非因为有人摇了摇头，使他不敢拔了的缘故。

所以虽是"第三种人"，却还是一定超不出阶级的，苏汶先生就先在豫料阶级的批评了，作品里又岂能摆脱阶级的利害；也一定离不开战斗的，苏汶先生就先以"第三种人"之名提出抗争了，虽然"抗争"之名又为作者所不愿受；而且也跳不过现在的，他在创作超阶级的，为将来的作品之前，先就留心于左翼的批判了。

这确是一种苦境。但这苦境，是因为幻影不能成为实有而来的。即使没有左翼文坛作梗，也不会有这"第三种人"，何况作品。但苏汶先生却又心造了一个横暴的左翼文坛的幻影，将"第三种人"的幻影不能出现，以至将来的文艺不能发生的罪孽，都推给它了。

左翼作家诚然是不高超的，连环图画，唱本，然而也不到苏汶先生所断定那样的没出息。左翼也要托尔斯泰、弗罗培尔[1]。但不要"努力去创造一些属于将来（因为他们现在是不要的）的东西"的托尔斯泰和弗罗培尔。他们两个，都是为现在而写的，将来是现在的将来，于现在有意义，才于将来会有意义。尤其是托尔斯泰，他写些小故事给农民看，也不自命为"第三种人"，当时资产阶级的多少攻击，终于不能使他"搁笔"。左翼虽然诚如苏汶先生所说，不至于蠢到不知道"连环图画是产生不出托尔斯泰，产生不出弗罗培尔来"，但却以为可以产出密开朗该罗、达文希那样伟大的画手。

1　即福楼拜。

而且我相信，从唱本说书里是可以产生托尔斯泰、弗罗培尔的。现在提起密开朗该罗们的画来，谁也没有非议了，但实际上，那不是宗教的宣传画，《旧约》的连环图画么？而且是为了那时的"现在"的。

总括起来说，苏汶先生是主张"第三种人"与其欺骗，与其做冒牌货，倒还不如努力去创作，这是极不错的。

"定要有自信的勇气，才会有工作的勇气！"这尤其是对的。

然而苏汶先生又说，许多大大小小的"第三种人"们，却又因为豫感了不祥之兆——左翼理论家的批评而"搁笔"了！

"怎么办呢"？

十月十日·

三八

"连环图画"辩护

　　我自己曾经有过这样一个小小的经验。有一天，在一处筵席上，我随便的说：用活动电影来教学生，一定比教员的讲义好，将来恐怕要变成这样的。话还没有说完，就埋葬在一阵哄笑里了。

　　自然，这话里，是埋伏着许多问题的，例如，首先第一，是用的是怎样的电影，倘用美国式的发财结婚故事的影片，那当然不行。但在我自己，却的确另外听过采用影片的细菌学讲义，见过全部照相，只有几句说明的植物学书。所以我深信不但生物学，就是历史地理，也可以这样办。

然而许多人的随便的哄笑，是一枝白粉笔，它能够将粉涂在对手的鼻子上，使他的话好象小丑的打诨。

前几天，我在《现代》上看见苏汶先生的文章，他以中立的文艺论者的立场，将"连环图画"一笔抹杀了。自然，那不过是随便提起的，并非讨论绘画的专门文字，然而在青年艺术学徒的心中，也许是一个重要的问题，所以我再来说几句。

我们看惯了绘画史的插图上，没有"连环图画"，名人的作品的展览会上，不是"罗马夕照"，就是"西湖晚凉"，便以为那是一种下等物事，不足以登"大雅之堂"的。但若走进意大利的教皇宫——我没有游历意大利的幸福，所走进的自然只是纸上的教皇宫——去，就能看见凡有伟大的壁画，几乎都是《旧约》《耶稣传》《圣者传》的连环图画，艺术史家截取其中的一段，印在书上，题之曰《亚当的创造》《最后之晚餐》，读者就不觉得这是下等，这在宣传了，然而那原画，却明明是宣传的连环图画。

在东方也一样。印度的阿强陀石窟[1]，经英国人摹印了壁画以后，在艺术史上发光了；中国的《孔子圣迹图》，只要是明版的，也早为收藏家所宝重。这两样，一是佛陀的本生，一是孔子的事迹，明明是连环图画，而且是宣传。

书籍的插画，原意是在装饰书籍，增加读

---

1 即阿旃陀石窟，印度佛教石窟群，兼具建筑、雕刻、壁画三个领域的艺术价值。唐代玄奘法师曾抵达此处，并留下记录。

者的兴趣的，但那力量，能补助文字之所不及，所以也是一种宣传画。这种画的幅数极多的时候，即能只靠图像，悟到文字的内容，和文字一分开，也就成了独立的连环图画。最显著的例子是法国的陀莱（Gustave Doré）[1]，他是插图版画的名家，最有名的是《神曲》《失乐园》《吉诃德先生》，还有《十字军记》的插画，德国都有单印本（前二种在日本也有印本），只靠略解，即可以知道本书的梗概。然而有谁说陀莱不是艺术家呢？

宋人的《唐风图》和《耕织图》，现在还可找到印本和石刻；至于仇英的《飞燕外传图》和《会真记图》，则翻印本就在文明书局发卖的。凡这些，也都是当时和现在的艺术品。

自十九世纪后半以来，版画复兴了，许多

1　即古斯塔夫·多雷（1832—1883），法国插画家、版画家，代表作为《神曲》《堂吉诃德》的插画。

作家，往往喜欢刻印一些以几幅画汇成一帖的"连作"（Blattfolge）。这些连作，也有并非一个事件的。现在为青年的艺术学徒计，我想写出几个版画史上已经有了地位的作家和有连续事实的作品在下面：

首先应该举出来的是德国的珂勒惠支（Käthe Kollwitz）[1]夫人。她除了为霍普德曼[2]的《织匠》（*Die Weber*）而刻的六幅版画外，还有三种，有题目，无说明——

一、《农民斗争》（*Bauernkrieg*），金属版七幅；

二、《战争》（*Der Krieg*），木刻七幅；

三、《无产者》（*Proletariat*），木刻三幅。

1　珂勒惠支（1867—1945），德国版画家。代表作《牺牲》是她为纪念在"一战"中牺牲的长子创作的，鲁迅曾以该作品纪念惨遭迫害牺牲的青年作家柔石，珂勒惠支也曾签名抗议这桩发生在中国的法西斯暴行。

2　即德国作家豪普特曼的《织工》。

以《士敏土》的版画，为中国所知道的梅斐尔德（Carl Meffert），是一个新进的青年作家，他曾为德译本斐格纳尔的《猎俄皇记》（*Die Jagd nach Zaren von Wera Figner*）刻过五幅木版图，又有两种连作——

一、《你的姊妹》（*Deine Schwester*），木刻七幅，题诗一幅；

二、《养护的门徒》（原名未详），木刻十三幅。

比国有一个麦绥莱勒（Frans Masereel）[1]，是欧洲大战时候，像罗曼罗兰一样，因为非战而逃出过外国的。他的作品最多，都是一本书，只有书名，连小题目也没有。现在德国印出了普及版（Bei Kurt Wolff, München），每本三马

1　麦绥莱勒（1889—1972），比利时版画家。曾为惠特曼、罗曼·罗兰等作家的作品作插图，代表作《一个人的受难》《光明的追求》《我的忏悔》等。

四四

克半，容易到手了。我所见过的是这几种——

一、《理想》（*Die Idee*），木刻八十三幅；

二、《我的祷告》（*Mein Stundenbuch*），木刻一百六十五幅；

三、《没字的故事》（*Geschichte ohne Worte*），木刻六十幅；

四、《太阳》（*Die Sonne*），木刻六十三幅；

五、《工作》（*Das Werk*），木刻，幅数失记；

六、《一个人的受难》（*Die Passion eines Menschen*），木刻二十五幅。

美国作家的作品，我曾见过希该尔木刻的《巴黎公社》（*The Paris Commune, A Story in Pictures* by William Siegel），是纽约的约翰李特社（John Reed Club）出版的。还有一本石版的格罗沛尔（W. Gropper）所画的书，据赵景深教授说，是《马戏的故事》，另译起来，恐怕要"信而不顺"，只好将原名照抄在下面——

"Alay-Oop"（*Life and Love among the Acrobats.*[1]）

英国的作家我不大知道，因为那作品定价贵。但曾经有一本小书，只有十五幅木刻和不到二百字的说明，作者是有名的吉宾斯（Robert Gibbings），限印五百部，英国绅士是死也不肯重印的，现在恐怕已将绝版，每本要数十元了罢。那书是——

《第七人》（*The 7th Man*）。

以上，我的意思是总算举出事实，证明了连环图画不但可以成为艺术，并且已经坐在"艺术之宫"的里面了。至于这也和其他的文艺一样，要有好的内容和技术，那是不消说得的。

1　意为"马戏演员的生活和恋爱"。

我并不劝青年的艺术学徒蔑弃大幅的油画或水彩画，但是希望一样看重并且努力于连环图画和书报的插图；自然应该研究欧洲名家的作品，但也更注意于中国旧书上的绣像和画本，以及新年的单张的花纸。这些研究和由此而来的创作，自然没有现在的所谓大作家的受着有些人们的照例的叹赏，然而我敢相信：对于这，大众是要看的，大众是感激的！

十月二十五日。

辱骂和恐吓决不是战斗

——致《文学月报》编辑的一封信

起应兄:

    前天收到《文学月报》第四期,看了一下。我所觉得不足的,并非因为它不及别种杂志的五花八门,乃是总还不能比先前充实。但这回提出了几位新的作家来,是极好的,作品的好坏我且不论,最近几年的刊物上,倘不是姓名曾经排印过了的作家,就很有不能登载的趋势,这么下去,新的作者要没有发表作品的机会了。

四八

现在打破了这局面，虽然不过是一种月刊的一期，但究竟也扫去一些沉闷，所以我以为是一种好事情。但是我对于芸生先生的一篇诗，却非常失望。

这诗，一目了然，是看了前一期的别德纳衣的讽刺诗而作的。然而我们来比一比罢，别德纳衣的诗虽然自认为"恶毒"，但其中最甚的也不过是笑骂。这诗怎么样？有辱骂，有恐吓，还有无聊的攻击：其实是大可以不必作的。

例如罢，开首就是对于姓的开玩笑。一个作者自取的别名，自然可以窥见他的思想，譬如"铁血""病鹃"之类，固不妨由此开一点小玩笑。但姓氏籍贯，却不能决定本人的功罪，因为这是从上代传下来的，不能由他自主。我说这话还在四年之前，当时曾有人评我为"封建余孽"，其实是捧住了这样的题材，欣欣然

四九

自以为得计者，倒是十分"封建的"的。不过这种风气，近几年颇少见了，不料现在竟又复活起来，这确不能不说是一个退步。

尤其不堪的是结末的辱骂。现在有些作品，往往并非必要而偏在对话里写上许多骂语去，好象以为非此便不是无产者作品，骂詈愈多，就愈是无产者作品似的。其实好的工农之中，并不随口骂人的多得很，作者不应该将上海流氓的行为，涂在他们身上的。即使有喜欢骂人的无产者，也只是一种坏脾气，作者应该由文艺加以纠正，万不可再来展开，使将来的无阶级社会中，一言不合，便祖宗三代的闹得不可开交。况且既是笔战，就也如别的兵战或拳斗一样，不妨伺隙乘虚，以一击制敌人的死命，如果一味鼓噪，已是《三国志演义》式战法，至于骂一句爹娘，扬长而去，还自以为胜利，那简直是"阿Q"式的战法了。

接着又是什么"剖西瓜"之类的恐吓，这也是极不对的，我想无产者的革命，乃是为了自己的解放和消灭阶级，并非因为要杀人，即使是正面的敌人，倘不死于战场，就有大众的裁判，决不是一个诗人所能提笔判定生死的。现在虽然很有什么"杀人放火"的传闻，但这只是一种诬陷。中国的报纸上看不出实话，然而只要一看别国的例子也就可以恍然：德国的无产阶级革命（虽然没有成功），并没有乱杀人；俄国不是连皇帝的宫殿都没有烧掉么？[1] 而我们的作者，却将革命的工农用笔涂成一个吓人的鬼脸，由我看来真是卤莽之极了。

自然，中国历来的文坛上，常见的是诬陷、造谣、恐吓、辱骂，翻一翻大部的历史，就往往可以遇见这样的文章，直到现在，还在应

五一

1　1918 年 7 月 16 日深夜或 17 日凌晨，契卡人员用手枪和刺刀将尼古拉二世一家连同仆人集体处决，后用硫酸和汽油销毁尸体，并将骨渣埋于废弃洞穴中。

用，而且更加厉害。但我想，这一份遗产，还是都让给叭儿狗文艺家去承受罢，我们的作者倘不竭力的抛弃了它，是会和他们成为"一丘之貉"的。

不过我并非主张要对敌人陪笑脸三鞠躬。我只是说，战斗的作者应该注重于"论争"；倘在诗人，则因为情不可遏而愤怒，而笑骂，自然也无不可。但必须止于嘲笑，止于热骂，而且要"嬉笑怒骂，皆成文章"，使敌人因此受伤或致死，而自己并无卑劣的行为，观者也不以为污秽，这才是战斗的作者的本领。

刚才想到了以上的一些，便写出寄上，也许于编辑上可供参考。总之，我是极希望此后的《文学月报》上不再有那样的作品的。专此布达，并问好。

鲁迅。十二月十日。

并不愿将自以为苦的寂寞，再来传染给也如我那年青时候似的正做着好梦的青年。

《自选集》自序

  我做小说，是开手于一九一八年，《新青年》上提倡"文学革命"的时候的。这一种运动，现在固然已经成为文学史上的陈迹了，但在那时，却无疑地是一个革命的运动。

  我的作品在《新青年》上，步调是和大家大概一致的，所以我想，这些确可以算作那时的"革命文学"。

  然而我那时对于"文学革命"，其实并没有怎样的热情。见过辛亥革命，见过二次革命见过袁世凯称帝、张勋复辟，看来看去，就看得怀疑起来，于是失望，颓唐得很了。民族主义的文学家在今年的一种小报上说，"鲁迅多疑"，是不错的，我正在疑心这批人们也并非真的民族主义文学者，变化正未可限量呢。不过我却又怀疑于自己的失望，因为我所见过的人们、事件，是有限得很的，这想头，就给了我提笔的力量。

"绝望之为虚妄，正与希望相同。"

既不是直接对于"文学革命"的热情，又为什么提笔的呢？想起来，大半倒是为了对于热情者们的同感。这些战士，我想，虽在寂寞中，想头是不错的，也来喊几声助助威罢。首先，就是为此。自然，在这中间，也不免夹杂些将旧社会的病根暴露出来，催人留心，设法加以疗治的希望。但为达到这希望计，是必须与前驱者取同一的步调的，我于是删削些黑暗，装点些欢容，使作品比较的显出若干亮色，那就是后来结集起来的《呐喊》，一共有十四篇。

这些也可以说，是"遵命文学"。不过我所遵奉的，是那时革命的前驱者的命令，也是我自己所愿意遵奉的命令，决不是皇上的圣旨，也不是金元和真的指挥刀。

后来《新青年》的团体散掉了，有的高升，有的退隐，有的前进，我又经验了一回同一战阵中的伙伴还是会这么变化，并且落得一个"作家"的头衔，依然在沙漠中走来走去，不过已经逃不出在散漫的刊物上做文字，叫作随便谈谈。有了小感触，就写些短文，夸大点说，就是散文诗，以后印成一本，谓之《野草》。得到较整齐的材料，则还是做短篇小说，只因为成了游勇，布不成阵了，所以技术虽然比先前好一些，思路也似乎较无拘束，而战斗的意气却冷得不少。新的战友在那里呢？我想，这是很不好的。于是集印了这时期的十一篇作品，谓之《彷徨》，愿以后不再这模样。

"路漫漫其修远兮，吾将上下而求索。"

不料这大口竟夸得无影无踪。逃出北京，躲进厦门，只在大楼上写了几则《故事新编》和十篇《朝花夕拾》。前者是神话、传说及史实的演义，后者则只是回忆的记事罢了。

此后就一无所作，"空空如也"。

可以勉强称为创作的，在我至今只有这五种，本可以顷刻读了的，但出版者要我自选一本集。推测起来，恐怕因为这么一办，一者能够节省读者的费用，二则，以为由作者自选，该能比别人格外明白罢。对于第一层，我没有异议；至第二层，我却觉得也很难。因为我向来就没有格外用力或格外偷懒的作品，所以也没有自以为特别高妙，配得上提拔出来的作品。没有法，就将材料，写法，都有些不同，可供读者参考的东西，取出二十二篇来，凑成了一本，但将给读者一种"重压之感"的作品，却特地竭力抽掉了。这是我现在自有我的想头的：

并不愿将自以为苦的寂寞，再来传染给也如我那年青时候似的正做着好梦的青年。

然而这又不似做那《呐喊》时候的故意的隐瞒，因为现在我相信，现在和将来的青年是不会有这样的心境的了。

一九三二年十二月十四日，鲁迅于上海寓居记。

六〇

《两地书》序言

这一本书，是这样地编起来的。

一九三二年八月五日，我得到霁野、静农、丛芜三个人署名的信，说漱园[1]于八月一日晨五时半，病殁于北平同仁医院了，大家想搜集他的遗文，为他出一本纪念册，问我这里可还藏有他的信札没有。这真使我的心突然紧缩起

1　即韦素园（1902—1932），翻译家，未名社创始人之一。他英年早逝后，鲁迅为他撰写碑文："呜呼，宏才远志，厄于短年，文苑失英，明者永悼。"前文的三人是未名社成员李霁野、台静农、韦丛芜。

来。因为，首先，我是希望着他能够全愈的，虽然明知道他大约未必会好；其次，是我虽然明知道他未必会好，却有时竟没有想到，也许将他的来信统统毁掉了，那些伏在枕上，一字字写出来的信。

我的习惯，对于平常的信，是随覆随毁的，但其中如果有些议论，有些故事，也往往留起来。直到近三年，我才大烧毁了两次。

五年前，国民党清党的时候，我在广州，常听到因为捕甲，从甲这里看见乙的信，于是捕乙，又从乙家搜得丙的信，于是连丙也捕去了，都不知道下落。古时候有牵牵连连的"瓜蔓抄"[1] 我是知道的，但总以为这是古时候的事，直到事实给了我教训，我才分明省悟了做今人也和做古人一样难。然而我还是漫不经心，

1　原特指明代永乐帝对建文帝臣子的清算和诛杀，后引申为对中国封建时代连坐刑罚的俗称。

随随便便，待到一九三〇年我签名于自由大同盟，浙江省党部呈请中央通缉"堕落文人鲁迅等"的时候，我在弃家出走之前，忽然心血来潮，将朋友给我的信都毁掉了。这并非为了消灭"谋为不轨"的痕迹，不过以为因通信而累及别人，是很无谓的，况且中国的衙门是谁都知道只要一碰着，就有多么的可怕。后来逃过了这一关，搬了寓，而信札又积起来，我又随随便便了。不料一九三一年一月，柔石被捕，在他的衣袋里搜出有我名字的东西来，因此听说就在找我。自然啰，我只得又弃家出走，但这回是心血潮得更加明白，当然先将所有信札完全烧掉了。

因为有过这样的两回事，所以一得到北平的来信，我就担心，怕大约未必有，但还是翻箱倒箧的寻了一通，果然无踪无影。朋友的信一封也没有，我们自己的信倒寻出来了。这也并非对于自己的东西特别看作宝贝，倒是因为那时时间很有限，而自己的信至多也不过蔓在自身上，因此放下了的。此后这些信又在枪炮的交叉火线下，躺了二三十天，也一点没有损失。其中虽然有些缺少，但恐怕是自己当时没有留心，早经遗失，并不是由于什么官灾兵燹的。

　　一个人如果一生没有遇到横祸，大家决不另眼相看，但若坐过牢监，到过战场，则即使他是一个万分平凡的人，人们也总看得特别一点。我们对于这些信，也正是这样。先前是一任他垫在箱子底下的，但现在一想起他曾经几乎要打官司，要遭炮火，就觉得他好象有些特别，有些可爱似的了。夏夜多蚊，不能静静的写字，我们便略照年月，将他编了起来，因地而分为三集，统名之曰《两地书》。

　　这是说：这一本书，在我们自己，一时是

六四

有意思的，但对于别人，却并不如此。其中既没有死呀活呀的热情，也没有花呀月呀的佳句；文辞呢，我们都未曾研究过《尺牍精华》或《书信作法》，只是信笔写来，大背文律，活该进"文章病院"的居多。所讲的又不外乎学校风潮，本身情况，饭菜好坏，天气阴晴，而最坏的是我们当日居漫天幕中，幽明莫辨，讲自己的事倒没有什么，但一遇到推测天下大事，就不免胡涂得很，所以凡有欢欣鼓舞之词，从现在看起来，大抵成了梦呓了。如果定要恭维这一本书的特色，那么，我想，恐怕是因为他的平凡罢。这样平凡的东西，别人大概是不会有，即有也未必存留的，而我们不然，这就只好谓之也是一种特色。

然而奇怪的是竟又会有一个书店愿意来印这一本书。要印，印去就是，这倒仍然可以随随便便，不过因此也就要和读者相见了，却使我又得加上两点声明在这里，以免误解。其一，是：我现在是左翼作家联盟中之一人，看近来书籍的广告，大有凡作家一旦向左，则旧作也即飞升，连他孩子时代的啼哭也合于革命文学之概，不过我们的这书是不然的，其中并无革命气息。其二，常听得有人说，书信是最不掩饰，最显真面的文章，但我也并不，我无论给谁写信，最初，总是敷敷衍衍，口是心非的，即在这一本中，遇有较为紧要的地方，到后来也还是往往故意写得含胡些，因为我们所处，是在"当地长官"，邮局，校长……，都可以随意检查信件的国度里。但自然，明白的话，是也不少的。

还有一点，是信中的人名，我将有几个改掉了，用意有好有坏，并不相同。此无他，或则怕别人见于我们的信里，于他有些不便，或则单为自己，省得又是什么"听候开审"之类的麻烦而已。

　　回想六七年来，环绕我们的风波也可谓不少了，在不断的挣扎中，相助的也有，下石的也有，笑骂诬蔑的也有，但我们紧咬了牙关，却也已经挣扎着生活了六七年。其间，含沙射影者都逐渐自己没入更黑暗的处所去了，而好意的朋友也已有两个不在人间，就是漱园和柔石。我们以这一本书为自己记念，并以感谢好意的朋友，并且留赠我们的孩子，给将来知道我们所经历的真相，其实大致是如此的。

一九三二年十二月十六日，鲁迅。

祝中俄文字之交

　　十五年前，被西欧的所谓文明国人看作半开化的俄国，那文学，在世界文坛上，是胜利的；十五年以来，被帝国主义者看作恶魔的苏联，那文学，在世界文坛上，是胜利的。这里的所谓"胜利"，是说：以它的内容和技术的杰出，而得到广大的读者，并且给与了读者许多有益的东西。

　　它在中国，也没有出于这例子之外。

　　我们曾在梁启超所办的《时务报》上，看

见了《福尔摩斯包探案》的变幻，又在《新小说》上，看见了焦士威奴（Jules Verne）所做的号称科学小说的《海底旅行》[1]之类的新奇。后来林琴南大译英国哈葛德（H. Rider Haggard）[2]的小说了，我们又看见了伦敦小姐之缠绵和菲洲野蛮之古怪。至于俄国文学，却一点不知道，——但有几位也许自己心里明白，而没有告诉我们的"先觉"先生，自然是例外。不过在别一方面，是已经有了感应的。那时较为革命的青年，谁不知道俄国青年是革命的，暗杀的好手？尤其忘不掉的是苏菲亚[3]，虽然大半也因为她是一位漂亮的姑娘。现在的国货的作品中，还常有"苏菲"一类的名字，那渊源就在此。

1　即儒勒·凡尔纳的《海底两万里》。

2　即哈格德（1856—1925），英国小说家，以历险小说见长，代表作《所罗门王的宝藏》。

3　即曾经暗杀沙皇亚历山大二世的俄国民粹党人佩罗夫斯卡娅，梁启超曾盛赞她为"东欧女豪杰"。

那时——十九世纪末——的俄国文学，尤其是陀思妥夫斯基和托尔斯泰的作品，已经很影响了德国文学，但这和中国无关，因为那时研究德文的人少得很。最有关系的是英美帝国主义者，他们一面也翻译了陀思妥夫斯基、都介涅夫[1]、托尔斯泰、契诃夫的选集了，一面也用那做给印度人读的读本来教我们的青年以拉玛和吉利瑟那（Rama and Krishna）[2]的对话，然而因此也携带了阅读那些选集的可能。包探，冒险家，英国姑娘，菲洲野蛮的故事，是只能当醉饱之后，在发胀的身体上搔搔痒的，然而我们的一部分的青年却已经觉得压迫，只有痛楚，他要挣扎，用不着痒痒的抚摩，只在寻切实的指示了。

1　即屠格涅夫。

2　即罗摩和克里希那，印度史诗《罗摩衍那》《摩诃婆罗多》中的人物。

七〇

那时就看见了俄国文学。

那时就知道了俄国文学是我们的导师和朋友。因为从那里面，看见了被压迫者的善良的灵魂，的酸辛，的挣扎；还和四十年代的作品一同烧起希望，和六十年代的作品一同感到悲哀。我们岂不知道那时的大俄罗斯帝国也正在侵略中国，然而从文学里明白了一件大事，是世界上有两种人：压迫者和被压迫者！

从现在看来，这是谁都明白，不足道的，但在那时，却是一个大发见，正不亚于古人的发见了火的可以照暗夜，煮东西。

俄国的作品，渐渐的绍介进中国来了，同时也得了一部分读者的共鸣，只是传布开去。零星的译品且不说罢。成为大部的就有《俄国戏曲集》十种和《小说月报》增刊的《俄国文学研究》一大本，还有《被压迫民族文学号》两本，则是由俄国文学的启发，而将范围扩大

七一

到一切弱小民族，并且明明点出"被压迫"的字样来了。

于是也遭了文人学士的讨伐，有的主张文学的"崇高"，说描写下等人是鄙俗的勾当，有的比创作为处女，说翻译不过是媒婆，而重译尤令人讨厌。的确，除了《俄国戏曲集》以外，那时所有的俄国作品几乎都是重译的。

但俄国文学只是绍介进来，传布开去。

作家的名字知道得更多了，我们虽然从安特来夫（L. Andreev）的作品里遇到了恐怖，阿尔志跋绥夫（M. Artsybashev）[1]的作品里看见了绝望和荒唐，但也从珂罗连珂（V. Korolenko）[2]学得了宽宏，从戈理基（Maxim

---

1 阿尔志跋绥夫（1878—1927），俄国小说家，作品中多有对死亡过程、尸体、赤裸欲望的描写，代表作《萨宁》。

2 即柯罗连科（1853—1921），俄国作家、社会活动家，代表作《马卡尔的梦》《库页岛上的人》。契诃夫对他有着高度评价，他的创作和社会活动也影响了高尔基。

Gorky）[1] 感受了反抗。读者大众的共鸣和热爱，早不是几个论客的自私的曲说所能掩蔽，这伟力，终于使先前膜拜曼殊斐儿（Katherine Mansfield）[2] 的绅士也重译了都介涅夫的《父与子》，排斥"媒婆"的作家也重译着托尔斯泰的《战争与和平》了。

这之间，自然又遭了文人学士和流氓警犬的联军的讨伐。对于绍介者，有的说是为了卢布，有的说是意在投降，有的笑为"破锣"，有的指为共党，而实际上的对于书籍的禁止和没收，还因为是秘密的居多，无从列举。

但俄国文学只是绍介进来，传布开去。

有些人们，也译了《莫索里尼传》，也译了《希特拉传》，但他们绍介不出一册现代意

1　即高尔基。
2　即凯瑟琳·曼斯菲尔德（1888—1923），新西兰小说家，代表作《园会》。此处的"绅士"指代陈西滢。

国或德国的白色的大作品，《战后》是不属于希特拉的卐字旗下的，《死的胜利》又只好以"死"自傲。但苏联文学在我们却已有了里培进斯基[1]的《一周间》，革拉特珂夫的《士敏土》，法捷耶夫的《毁灭》，绥拉菲摩微支的《铁流》；此外中篇短篇，还多得很。凡这些，都在御用文人的明枪暗箭之中，大踏步跨到读者大众的怀里去，给——知道了变革、战斗、建设的辛苦和成功。

但一月以前，对于苏联的"舆论"，刹时都转变了，昨夜的魔鬼，今朝的良朋，许多报章，总要提起几点苏联的好处，有时自然也涉及文艺上："复交"之故也。然而，可祝贺的却并不在这里。自利者一淹在水里面，将要灭顶的时候，只要抓得着，是无论"破锣"破鼓，

1　即李别进斯基（1898—1959），苏联作家，代表作《一周间》《近卫军》。

七四

都会抓住的，他决没有所谓"洁癖"。然而无论他终于灭亡或幸而爬起，始终还是一个自利者。随手来举一个例子罢，上海称为"大报"的《申报》，不是一面甜嘴蜜舌的主张着"组织苏联考察团"（三二年十二月二十八日时评），而一面又将林克多的《苏联闻见录》称为"反动书籍"（同二十七日新闻）么？

可祝贺的，是在中俄的文字之交，开始虽然比中英、中法迟，但在近十年中，两国的绝交也好，复交也好，我们的读者大众却不因此而进退；译本的放任也好，禁压也好，我们的读者也决不因此而盛衰。不但如常，而且扩大；不但虽绝交和禁压还是如常，而且虽绝交和禁压而更加扩大。这可见我们的读者大众，是一向不用自私的"势利眼"来看俄国文学的。我们的读者大众，在朦胧中早知道这伟大肥沃的"黑土"里，要生长出什么东西来，而这"黑土"

却也确实生长了东西，给我们亲见了：忍受，呻吟，挣扎，反抗，战斗，变革，战斗，建设，战斗，成功。

在现在，英国的萧，法国的罗兰，也都成为苏联的朋友了。这，也是当我们中国和苏联在历来不断的"文字之交"的途中，扩大而与世界结成真的"文字之交"的开始。

这是我们应该祝贺的。

十二月三十日。

一九三三年

脱出诗境，踏上实地去。

听说梦

　　做梦，是自由的，说梦，就不自由。做梦，是做真梦的，说梦，就难免说谎。

　　大年初一，就得到一本《东方杂志》新年特大号，临末有《新年的梦想》，问的是"梦想中的未来中国"和"个人生活"，答的有一百四十多人。记者的苦心，我是明白的，想必以为言论不自由，不如来说梦，而且与其说所谓真话之假，不如来谈谈梦话之真，我高兴的翻了一下，知道记者先生却大大的失败了。

八〇

当我还未得到这本特大号之前，就遇到过一位投稿者，他比我先看见印本，自说他的答案已被资本家删改了，他所说的梦其实并不如此。这可见资本家虽然还没法禁止人们做梦，而说了出来，倘为权力所及，却要干涉的，决不给你自由。这一点，已是记者的大失败。

但我们且不去管这改梦案子，只来看写着的梦境罢，诚如记者所说，来答复的几乎全部是智识分子。首先，是谁也觉得生活不安定，其次，是许多人梦想着将来的好社会，"各尽所能"呀，"大同世界"呀，很有些"越轨"气息了（末三句是我添的，记者并没有说）。

但他后来就有点"痴"起来，他不知从那里拾来了一种学说，将一百多个梦分为两大类，说那些梦想好社会的都是"载道"之梦，是"异端"，正宗的梦应该是"言志"的，硬把"志"弄成一个空洞无物的东西。然而，孔

八一

子曰，"盍各言尔志"，而终于赞成曾点者，就因为其"志"合于孔子之"道"的缘故也。

其实是记者的所以为"载道"的梦，那里面少得很。文章是醒着的时候写的，问题又近于"心理测验"，遂致对答者不能不做出各各适宜于目下自己的职业、地位、身分的梦来（已被删改者自然不在此例），即使看去好象怎样"载道"，但为将来的好社会"宣传"的意思，是没有的。所以，虽然梦"大家有饭吃"者有人，梦"无阶级社会"者有人，梦"大同世界"者有人，而很少有人梦见建设这样社会以前的阶级斗争，白色恐怖，轰炸，虐杀，鼻子里灌辣椒水，电刑……倘不梦见这些，好社会是不会来的，无论怎么写得光明，终究是一个梦，空头的梦，说了出来，也无非教人都进这空头的梦境里面去。

然而要实现这"梦"境的人们是有的，他

八二

们不是说，而是做，梦着将来，而致力于达到这一种将来的现在。因为有这事实，这才使许多智识分子不能不说好象"载道"的梦，但其实并非"载道"，乃是给"道"载了一下，倘要简洁，应该说是"道载"的。

为什么会给"道载"呢？曰：为目前和将来的吃饭问题而已。

我们还受着旧思想的束缚，一说到吃，就觉得近乎鄙俗。但我是毫没有轻视对答者诸公的意思的。《东方杂志》记者在"读后感"里，也曾引佛洛伊特的意见，以为"正宗"的梦，是"表现各人的心底的秘密而不带着社会作用的"。但佛洛伊特以被压抑为梦的根柢——人为什么被压抑的呢？这就和社会制度、习惯之类连结了起来，单是做梦不打紧，一说，一问，一分析，可就不妥当了。记者没有想到这一层，于是就一头撞在资本家的朱笔上。但引

"压抑说"来释梦，我想，大家必已经不以为
忤了罢。

　　不过，佛洛伊特恐怕是有几文钱，吃得饱
饱的罢，所以没有感到吃饭之难，只注意于性
欲。有许多人正和他在同一境遇上，就也轰然
的拍起手来。诚然，他也告诉过我们，女儿多
爱父亲，儿子多爱母亲，即因为异性的缘故。
然而婴孩出生不多久，无论男女，就尖起嘴唇，
将头转来转去。莫非它想和异性接吻么？不，
谁都知道：是要吃东西！

　　食欲的根柢，实在比性欲还要深，在目
下开口爱人，闭口情书，并不以为肉麻的时
候，我们也大可以不必讳言要吃饭。因为是
醒着做的梦，所以不免有些不真，因为题目
究竟是"梦想"，而且如记者先生所说，我们
是"物质的需要远过于精神的追求"了。所以
乘着 Censors（也引用佛洛伊特语）的监护好

八四

象解除了之际，便公开了一部分。其实也是在"梦中贴标语，喊口号"，不过不是积极的罢了，而且有些也许倒和表面的"标语"正相反。

时代是这么变化，饭碗是这样艰难，想想现在和将来，有些人也只能如此说梦，同是小资产阶级（虽然也有人定我为"封建余孽"或"土著资产阶级"，但我自己姑且定为属于这阶级），很能够彼此心照，然而也无须秘而不宣的。

至于另有些梦为隐士，梦为渔樵，和本相全不相同的名人，其实也只是豫感饭碗之脆，而却想将吃饭范围扩大起来，从朝廷而至园林，由洋场及于山泽，比上面说过的那些志向要大得远，不过这里不来多说了。

一月一日。

论"赴难"和"逃难"

——寄《涛声》编辑的一封信

编辑先生：

我常常看《涛声》，也常常叫"快哉！"但这回见了周木斋先生那篇《骂人与自骂》，其中说北平的大学生"即使不能赴难，最低最低的限度也应不逃难"，而致慨于五四运动时代式锋芒之销尽，却使我如骨鲠在喉，不能不说几句话。因为我是和周先生的主张正相反，以为"倘不能赴难，就应该逃难"，属于"逃难党"的。

　　周先生在文章的末尾，"疑心是北京改为北平的应验"，我想，一半是对的。那时的北京，还挂着"共和"的假面，学生嚷嚷还不妨事；那时的执政，是昨天上海市十八团体为他开了"上海各界欢迎段公芝老大会"的段祺瑞先生，他虽然是武人，却还没有看过《莫索理尼传》。然而，你瞧，来了呀。有一回，对着请愿的学生毕毕剥剥的开枪了，兵们最爱瞄准的是女学生，这用精神分析学来解释，是说得过去的，尤其是剪发的女学生，这用整顿风俗的学说来解说，也是说得过去的。总之是死了一些"莘莘学子"。然而还可以开追悼会；还可以游行过执政府之门，大叫"打倒段祺瑞"。为什么呢？因为这时又还挂着"共和"的假面。然而，你瞧，又来了呀。现为党国大教授的陈源先生，在《现代评论》上哀悼死掉的学生，说可惜他

八七

们为几个卢布送了性命；《语丝》反对了几句，现为党国要人的唐有壬先生在《晶报》上发表一封信，说这些言动是受墨斯科的命令的。这实在已经有了北平气味了。

后来，北伐成功了，北京属于党国，学生们就都到了进研究室的时代，五四式是不对的。为什么呢？因为这是很容易为"反动派"所利用的。为了矫正这种坏脾气，我们的政府、军人、学者、文豪、警察、侦探，实在费了不少的苦心。用诰谕，用刀枪，用书报，用煅炼，用逮捕，用拷问，直到去年请愿之徒，死的都是"自行失足落水"，连追悼会也不开的时候为止，这才显出了新教育的效果。

倘使日本人不再攻榆关，我想，天下是太平了的，"必先安内而后可以攘外"。但可恨的是外患来得太快一点，太繁一点，日本人太不为中国诸公设想之故也，而且也因此引起了周先生的责难。

八八

看周先生的主张，似乎最好是"赴难"。不过，这是难的。倘使早先有了组织，经过训练，前线的军人力战之后，人员缺少了，副司令下令召集，那自然应该去的。无奈据去年的事实，则连火车也不能白坐，而况平日所学的又是债权论、土耳其文学史、最小公倍数之类。去打日本，一定打不过的。大学生们曾经和中国的兵警打过架，但是"自行失足落水"了，现在中国的兵警尚且不抵抗，大学生能抵抗么？我们虽然也看见过许多慷慨激昂的诗，什么用死尸堵住敌人的炮口呀，用热血胶住倭奴的刀枪呀，但是，先生，这是"诗"呵！事实并不这样的，死得比蚂蚁还不如，炮口也堵不住，刀枪也胶不住。孔子曰："以不教民战，是谓弃之。"我并不全拜服孔老夫子，不过觉得这话是对的，我也正是反对大学生"赴难"的一个。

那么，"不逃难"怎样呢？我也是完全反对。自然，现在是"敌人未到"的，但假使一到，大学生们将赤手空拳，骂贼而死呢，还是躲在屋里，以图幸免呢？我想，还是前一着堂皇些，将来也可以有一本烈士传。不过于大局依然无补，无论是一个或十万个，至多，也只能又向"国联"报告一声罢了。去年十九路军的某某英雄怎样杀敌，大家说得眉飞色舞，因此忘却了全线退出一百里的大事情，可是中国其实还是输了的。而况大学生们连武器也没有。现在中国的新闻上大登"满洲国"的虐政，说是不准私藏军器，但我们大中华民国人民来藏一件护身的东西试试看，也会家破人亡，——先生，这是很容易"为反动派所利用"的呵。

施以狮虎式的教育，他们就能用爪牙，施以牛羊式的教育，他们到万分危急时还会用一对可怜的角。然而我们所施的是什么式的教育

九〇

呢，连小小的角也不能有，则大难临头，惟有兔子似的逃跑而已。自然，就是逃也不见得安稳，谁都说不出那里是安稳之处来，因为到处繁殖了猎狗，诗曰："趯趯毚兔，遇犬获之"，此之谓也，然则三十六计，固仍以"走"为上计耳。

总之，我的意见是：我们不可看得大学生太高，也不可责备他们太重，中国是不能专靠大学生的；大学生逃了之后，却应该想想此后怎样才可以不至于单是逃，脱出诗境，踏上实地去。

但不知先生以为何如？能给在《涛声》上发表，以备一说否？谨听裁择，并请

文安。

罗怃顿首。一月二十八夜。

再：顷闻十来天之前，北平有学生五十多人因开会被捕，可见不逃的还有，然而罪名是"借口抗日，意图反动"，又可见虽"敌人未到"，也大以"逃难"为是也。

二十九日补记。

学生和玉佛

一月二十八日《申报》号外载二十七日北平专电曰："故宫古物即起运，北宁、平汉两路已奉令备车，团城白玉佛亦将南运。"

二十九日号外又载二十八日中央社电传教育部电平各大学，略曰："据各报载榆关告紧之际，北平各大学中颇有逃考及提前放假等情，均经调查确实。查大学生为国民中坚份子，讵容妄自惊扰，败坏校规，学校当局迄无呈报，迹近宽纵，亦属非是，仰该校等迅将学生逃考及提前放假情形，详报核办，并将下学期上课日期，并报为要。"

三十日，"堕落文人"周动轩[1]先生见之，有诗叹曰：

> 寂寞空城在，仓皇古董迁，
>
> 头儿夸大口，面子靠中坚。
>
> 惊扰讵云妄？奔逃只自怜：
>
> 所嗟非玉佛，不值一文钱。

1　鲁迅的笔名之一。

夜正长，路也正长，我不如忘却，不说的好罢。

为了忘却的记念

一

　　我早已想写一点文字，来记念几个青年的作家。这并非为了别的，只因为两年以来，悲愤总时时来袭击我的心，至今没有停止，我很想借此算是竦身一摇，将悲哀摆脱，给自己轻松一下，照直说，就是我倒要将他们忘却了。

　　两年前的此时，即一九三一年的二月七日

九八

夜或八日晨，是我们的五个青年作家同时遇害的时候。当时上海的报章都不敢载这件事，或者也许是不愿，或不屑载这件事，只在《文艺新闻》上有一点隐约其辞的文章。那第十一期（五月二十五日）里，有一篇林莽[1]先生作的《白莽[2]印象记》，中间说：

> 他做了好些诗，又译过匈牙利诗人彼得斐的几首诗，当时的《奔流》的编辑者鲁迅接到了他的投稿，便来信要和他会面，但他却是不愿见名人的人，结果是鲁迅自己跑来找他，竭力鼓励他作文学的工作，

1　即楼适夷（1905—2001），翻译家、作家、编辑家，"左联"成员，早年参加太阳社，曾从事中共地下党革命活动，抗日战争时期曾协助茅盾编辑杂志《文艺阵地》并代理主编。

2　即殷夫（1910—1931），中国现代诗人。鲁迅在给他的诗集《孩儿塔》所作的序中称赞他的诗"属于另一世界"，"是对于前驱者的爱的大纛，也是对于摧残者的憎的丰碑"。

九九

但他终于不能坐在亭子间里写，又去跑他的路了。不久，他又一次的被了捕。……

　　这里所说的我们的事情其实是不确的。白莽并没有这么高慢，他曾经到过我的寓所来，但也不是因为我要求和他会面；我也没有这么高慢，对于一位素不相识的投稿者，会轻率的写信去叫他。我们相见的原因很平常，那时他所投的是从德文译出的《彼得斐传》，我就发信去讨原文，原文是载在诗集前面的，邮寄不便，他就亲自送来了。看去是一个二十多岁的青年，面貌很端正，颜色是黑黑的，当时的谈话我已经忘却，只记得他自说姓徐，象山人；我问他为什么代你收信的女士是这么一个怪名字（怎么怪法，现在也忘却了），他说她就喜欢起得这么怪，罗曼谛克，自己也有些和她不大对劲了。就只剩了这一点。

夜里，我将译文和原文粗粗的对了一遍，知道除几处误译之外，还有一个故意的曲译。他象是不喜欢"国民诗人"这个字的，都改成"民众诗人"了。第二天又接到他一封来信，说很悔和我相见，他的话多，我的话少，又冷，好象受了一种威压似的。我便写一封回信去解释，说初次相会，说话不多，也是人之常情，并且告诉他不应该由自己的爱憎，将原文改变。因为他的原书留在我这里了，就将我所藏的两本集子送给他，问他可能再译几首诗，以供读者的参看。他果然译了几首，自己拿来了，我们就谈得比第一回多一些。这传和诗，后来就都登在《奔流》第二卷第五本，即最末的一本里。

我们第三次相见，我记得是在一个热天，有人打门了，我去开门时，来的就是白莽，却穿着一件厚棉袍，汗流满面，彼此都不禁失笑。

这时他才告诉我他是一个革命者，刚由被捕而释出，衣服和书籍全被没收了，连我送他的那两本；身上的袍子是从朋友那里借来的，没有夹衫，而必须穿长衣，所以只好这么出汗。我想，这大约就是林莽先生说的"又一次的被了捕"的那一次了。

我很欣幸他的得释，就赶紧付给稿费，使他可以买一件夹衫，但一面又很为我的那两本书痛惜：落在捕房的手里，真是明珠投暗了。那两本书，原是极平常的，一本散文，一本诗集，据德文译者说，这是他搜集起来的，虽在匈牙利本国，也还没有这么完全的本子，然而印在《莱克朗氏万有文库》（Reclam's Universal-Bibliothek）中，倘在德国，就随处可得，也值不到一元钱。不过在我是一种宝贝，因为这是三十年前，正当我热爱彼得斐的时候，特地托丸善书店从德国去买来的，那时还恐怕因为书极便宜，店员不肯经手，开口时非常惴惴。后来大抵带在身边，只是情随事迁，已没有翻译的意思了，这回便决计送给这也如我的那时一样，热爱彼得斐的诗的青年，算是给它寻得了一个好着落。所以还郑重其事，托柔石亲自送去的。谁料竟会落在"三道头"之类的手里的呢，这岂不冤枉！

二

　　我的决不邀投稿者相见，其实也并不完全因为谦虚，其中含着省事的分子也不少。由于历来的经验，我知道青年们，尤其是文学青年们，十之九是感觉很敏，自尊心也很旺盛的，一不小心，极容易得到误解，所以倒是故意回避的时候多。见面尚且怕，更不必说敢有托付了。但那时我在上海，也有一个惟一的不但敢于随便谈笑，而且还敢于托他办点私事的人，那就是送书去给白莽的柔石。

我和柔石最初的相见，不知道是何时，在那里。他仿佛说过，曾在北京听过我的讲义，那么，当在八九年之前了。我也忘记了在上海怎么来往起来，总之，他那时住在景云里，离我的寓所不过四五家门面，不知怎么一来，就来往起来了。大约最初的一回他就告诉我是姓赵，名平复。但他又曾谈起他家乡的豪绅的气焰之盛，说是有一个绅士，以为他的名字好，要给儿子用，叫他不要用这名字了。所以我疑心他的原名是"平福"，平稳而有福，才正中乡绅的意，对于"复"字却未必有这么热心。他的家乡，是台州的宁海，这只要一看他那台州式的硬气就知道，而且颇有点迂，有时会令我忽而想到方孝孺，觉得好象也有些这模样的。

他躲在寓里弄文学，也创作，也翻译，我们往来了许多日，说得投合起来了，于是另外约定了几个同意的青年，设立朝花社。目的是在绍介东欧和北欧的文学，输入外国的版画，因为我们都以为应该来扶植一点刚健质朴的文艺。接着就印《朝花旬刊》，印《近代世界短篇小说集》，印《艺苑朝华》，算都在循着这条线，只有其中的一本《蕗谷虹儿¹画选》，是为了扫荡上海滩上的"艺术家"，即戳穿叶灵凤²

1　蕗谷虹儿（1898—1979），日本插画家，曾得竹久梦二知遇。鲁迅也参与了文中的《蕗谷虹儿画选》的编纂，翻译原作的配诗。他曾将蕗谷虹儿和竹久梦二的风格并举："用幽默之笔，描绘出美的心灵"。

2　叶灵凤（1905—1975），中国现代作家、画家，创造社成员。叶灵凤与鲁迅交恶，他曾借作品《穷愁的自传》中的人物之口道："照着老例，起身后我便将十二枚铜元从旧货摊上买来的一册《呐喊》撕下三面，到露台上去大便。"鲁迅也讽刺喜欢模仿比亚兹莱的叶灵凤为"流氓画家"。

这纸老虎而印的。

　　然而柔石自己没有钱，他借了二百多块钱来做印本。除买纸之外，大部分的稿子和杂务都是归他做，如跑印刷局、制图、校字之类。可是往往不如意，说起来皱着眉头。看他旧作品，都很有悲观的气息，但实际上并不然，他相信人们是好的。我有时谈到人会怎样的骗人，怎样的卖友，怎样的吮血，他就前额亮晶晶的，惊疑地圆睁了近视的眼睛，抗议道，"会这样的么？——不至于此罢？……"

　　不过朝花社不久就倒闭了，我也不想说清其中的原因，总之是柔石的理想的头，先碰了一个大钉子，力气固然白化，此外还得去借一百块钱来付纸账。后来他对于我那"人心惟危"说的怀疑减少了，有时也叹息道，"真会这样的么？……"但是，他仍然相信人们是好的。

他于是一面将自己所应得的朝花社的残书送到明日书店和光华书局去，希望还能够收回几文钱，一面就拼命的译书，准备还借款，这就是卖给商务印书馆的《丹麦短篇小说集》和戈理基作的长篇小说《阿尔泰莫诺夫之事业》。但我想，这些译稿，也许去年已被兵火烧掉了。

他的迂渐渐的改变起来，终于也敢和女性的同乡或朋友一同去走路了，但那距离，却至少总有三四尺的。这方法很不好，有时我在路上遇见他，只要在相距三四尺前后或左右有一个年青漂亮的女人，我便会疑心就是他的朋友。但他和我一同走路的时候，可就走得近了，简直是扶住我，因为怕我被汽车或电车撞死；我这面也为他近视而又要照顾别人担心，大家都苍皇失措的愁一路，所以倘不是万不得已，我是不大和他一同出去的。我实在看得他吃力，因而自己也吃力。

无论从旧道德，从新道德，只要是损己利人的，他就挑选上，自己背起来。

他终于决定地改变了，有一回，曾经明白的告诉我，此后应该转换作品的内容和形式。我说：这怕难罢，譬如使惯了刀的，这回要他耍棍，怎么能行呢？他简洁的答道：只要学起来！

他说的并不是空话，真也在从新学起来了，其时他曾经带了一个朋友来访我，那就是冯铿女士。谈了一些天，我对于她终于很隔膜，我疑心她有点罗曼谛克，急于事功；我又疑心柔石的近来要做大部的小说，是发源于她的主张的。但我又疑心我自己，也许是柔石的先前的斩钉截铁的回答，正中了我那其实是偷懒的主张的伤疤，所以不自觉地迁怒到她身上去了。——我其实也并不比我所怕见的神经过敏而自尊的文学青年高明。

她的体质是弱的，也并不美丽。

三

直到左翼作家联盟成立之后，我才知道我所认识的白莽，就是在《拓荒者》上做诗的殷夫。有一次大会时，我便带了一本德译的，一个美国的新闻记者所做的中国游记去送他，这不过以为他可以由此练习德文，另外并无深意。然而他没有来。我只得又托了柔石。

但不久，他们竟一同被捕，我的那一本书，又被没收，落在"三道头"之类的手里了。

四

　　明日书店要出一种期刊，请柔石去做编辑，他答应了；书店还想印我的译著，托他来问版税的办法，我便将我和北新书局所订的合同，抄了一份交给他，他向衣袋里一塞，匆匆的走了。其时是一九三一年一月十六日的夜间，而不料这一去，竟就是我和他相见的末一回，竟就是我们的永诀。

　　第二天，他就在一个会场上被捕了，衣袋里还藏着我那印书的合同，听说官厅因此正在找寻我。印书的合同，是明明白白的，但我不愿意到那些不明不白的地方去辩解。记得《说岳全传》里讲过一个高僧，当追捕的差役刚到寺门之前，他就"坐化"了，还留下什么"何立从东来，我向西方走"的偈子。这是奴隶所幻想的脱离苦海的惟一的好方法，"剑侠"盼不到，最自在的惟此而已。我不是高僧，没有涅槃的自由，却还有生之留恋，我于是就逃走。

这一夜，我烧掉了朋友们的旧信札，就和女人抱着孩子走在一个客栈里。不几天，即听得外面纷纷传我被捕，或是被杀了，柔石的消息却很少。有的说，他曾经被巡捕带到明日书店里，问是否是编辑；有的说，他曾经被巡捕带往北新书局去，问是否是柔石，手上上了铐，可见案情是重的。但怎样的案情，却谁也不明白。

他在囚系中，我见过两次他写给同乡的信，第一回是这样的——

一二一

我与三十五位同犯（七个女的）于昨日到龙华。并于昨夜上了镣，开政治犯从未上镣之纪录。此案累及太太，我一时恐难出狱，书店事望兄为我代办之。现亦好，且跟殷夫兄学德文，此事可告周先生；望周先生勿念，我等未受刑。捕房和公安局，几次问周先生地址，但我那里知道。诸望勿念。祝好！

赵少雄　一月二十四日。

以上正面。

洋铁饭碗，要二三只
如不能见面，可将东西
望转交赵少雄

以上背面。

他的心情并未改变，想学德文，更加努力；也仍在记念我，像在马路上行走时候一般。但

一八二

他信里有些话是错误的，政治犯而上镣，并非从他们开始，但他向来看得官场还太高，以为文明至今，到他们才开始了严酷。其实是不然的。果然，第二封信就很不同，措词非常惨苦，且说冯女士的面目都浮肿了，可惜我没有抄下这封信。其时传说也更加纷繁，说他可以赎出的也有，说他已经解往南京的也有，毫无确信；而用函电来探问我的消息的也多起来，连母亲在北京也急得生病了，我只得一一发信去更正，这样的大约有二十天。

天气愈冷了，我不知道柔石在那里有被褥不？我们是有的。洋铁碗可曾收到了没有？……但忽然得到一个可靠的消息，说柔石和其他二十三人，已于二月七日夜或八日晨，在龙华警备司令部被枪毙了，他的身上中了十弹。

原来如此！……在一个深夜里，我站在客栈的院子中，周围是堆着的破烂的什物；人们

一
三

都睡觉了，连我的女人和孩子。我沉重的感到我失掉了很好的朋友，中国失掉了很好的青年，我在悲愤中沉静下去了，然而积习却从沉静中抬起头来，凑成了这样的几句：

> 惯于长夜过春时，挈妇将雏鬓有丝。梦里依稀慈母泪，城头变幻大王旗。忍看朋辈成新鬼，怒向刀丛觅小诗。吟罢低眉无写处，月光如水照缁衣。

但末二句，后来不确了，我终于将这写给了一个日本的歌人。

可是在中国，那时是确无写处的，禁锢得比罐头还严密。我记得柔石在年底曾回故乡，住了好些时，到上海后很受朋友的责备。他悲愤的对我说，他的母亲双眼已经失明了，要他多住几天，他怎么能够就走呢？我知道这失明的母亲的眷眷的心，柔石的拳拳的心。当《北斗》创刊时，我就想写一点关于柔石的文章，然而不能够，只得选了一幅珂勒惠支（Käthe Kollwitz）夫人的木刻，名曰《牺牲》，是一个母亲悲哀地献出她的儿子去的，算是只有我一个人心里知道的柔石的记念。

同时被难的四个青年文学家之中，李伟森我没有会见过，胡也频[1]在上海也只见过一次面，谈了几句天。较熟的要算白莽，即殷夫了，他曾经和我通过信，投过稿，但现在寻起来，一无所得，想必是十七那夜统统烧掉了，那时我还没有知道被捕的也有白莽。然而那本《彼得斐诗集》却在的，翻了一遍，也没有什么，只在一首《格言》（Wahlspruch）的旁边，有

---

[1] 李伟森（1903—1931），原名李国纬，笔名伟森。中国现代文学家、翻译家，和下文的胡也频同为左联五烈士。胡也频（1903—1931），中国现代作家，原名胡崇轩。曾与沈从文一同创办《红黑》杂志，与作家丁玲育有一子。

钢笔写的四行译文道：

生命诚宝贵，爱情价更高；
若为自由故，二者皆可抛！

又在第二叶上，写着"徐培根"三个字，
我疑心这是他的真姓名。

五

前年的今日，我避在客栈里，他们却是走
向刑场了；去年的今日，我在炮声中逃在英租
界，他们则早已埋在不知那里的地下了；今年
的今日，我才坐在旧寓里，人们都睡觉了，连
我的女人和孩子。我又沉重的感到我失掉了很

好的朋友，中国失掉了很好的青年，我在悲愤中沉静下去了，不料积习又从沉静中抬起头来，写下了以上那些字。

要写下去，在中国的现在，还是没有写处的。年青时读向子期《思旧赋》，很怪他为什么只有寥寥的几行，刚开头却又煞了尾。然而，现在我懂得了。

不是年青的为年老的写记念，而在这三十年中，却使我目睹许多青年的血，层层淤积起来，将我埋得不能呼吸，我只能用这样的笔墨，写几句文章，算是从泥土中挖一个小孔，自己延口残喘，这是怎样的世界呢。夜正长，路也正长，我不如忘却，不说的好罢。但我知道，即使不是我，将来总会有记起他们，再说他们的时候的。……

二月七—八日。

一七

谁的矛盾

萧（George Bernard Shaw）[1] 并不在周游世界，是在历览世界上新闻记者们的嘴脸，应世界上新闻记者们的口试，——然而落了第。

他不愿意受欢迎，见新闻记者，却偏要欢迎他，访问他，访问之后，却又都多少讲些俏皮话。

他躲来躲去，却偏要寻来寻去，寻到之后，

1　即萧伯纳。

大做一通文章，却偏要说他自己善于登广告。

他不高兴说话，偏要同他去说话，他不多谈，偏要拉他来多谈，谈得多了，报上又不敢照样登载了，却又怪他多说话。

他说的是真话，偏要说他是在说笑话，对他哈哈的笑，还要怪他自己倒不笑。

他说的是直话，偏要说他是讽刺，对他哈哈的笑，还要怪他自以为聪明。

他本不是讽刺家，偏要说他是讽刺家，而又看不起讽刺家，而又用了无聊的讽刺想来讽刺他一下。

他本不是百科全书，偏要当他百科全书，问长问短，问天问地，听了回答，又鸣不平，好象自己原来比他还明白。

他本是来玩玩的，偏要逼他讲道理，讲了几句，听的又不高兴了，说他是来"宣传赤化"了。

一九

有的看不起他，因为他不是一个马克思主义文学者，然而倘是马克思主义文学者，看不起他的人可就不要看他了。

　　有的看不起他，因为他不去做工人，然而倘若做工人，就不会到上海，看不起他的人可就看不见他了。

　　有的又看不起他，因为他不是实行的革命者，然而倘是实行者，就会和牛兰[1]一同关在牢监里，看不起他的人可就不愿提他了。

　　他有钱，他偏讲社会主义，他偏不去做工，他偏来游历，他偏到上海，他偏讲革命，他偏谈苏联，他偏不给人们舒服……

　　于是乎可恶。

　　身子长也可恶，年纪大也可恶，须发白也

1　牛兰的真实身份是共产国际派来中国的秘密工作者，被上海公共租界巡捕房逮捕，引渡给国民党政府。牛兰及其夫人在狱中多次绝食抗议，抗日战争爆发后获释。

可恶，不爱欢迎也可恶，逃避访问也可恶，连和夫人的感情好也可恶。

然而他走了，这一位被人们公认为"矛盾"的萧。

然而我想，还是熬一下子，姑且将这样的萧，当作现在的世界的文豪罢，唠唠叨叨，鬼鬼祟祟，是打不倒文豪的。而且为给大家可以唠叨起见，也还是有他在着的好。

因为矛盾的萧没落时，或萧的矛盾解决时，也便是社会的矛盾解决的时候，那可不是玩意儿也。

二月十九夜。

一二

看萧和"看萧的人们"记

　　我是喜欢萧的。这并不是因为看了他的作品或传记，佩服得喜欢起来，仅仅是在什么地方见过一点警句，从什么人听说他往往撕掉绅士们的假面，这就喜欢了他了。还有一层，是因为中国也常有模仿西洋绅士的人物的，而他们却大抵不喜欢萧。被我自己所讨厌的人们所讨厌的人，我有时会觉得他就是好人物。

　　现在，这萧就要到中国来，但特地搜寻着去看一看的意思倒也并没有。

十六日的午后，内山完造君将改造社的电报给我看，说是去见一见萧怎么样。我就决定说，有这样地要我去见一见，那就见一见罢。

十七日的早晨，萧该已在上海登陆了，但谁也不知道他躲着的处所，这样地过了好半天，好象到底不会看见似的。到了午后，得到蔡先生[1]的信，说萧现就在孙夫人的家里吃午饭，教我赶紧去。

我就跑到孙夫人的家里去。一走进客厅隔壁的一间小小的屋子里，萧就坐在圆桌的上首，和别的五个人在吃饭。因为早就在什么地方见过照相，听说是世界的名人的，所以便电光一般觉得是文豪，而其实是什么标记也没有。但是，雪白的须发，健康的血色，和气的面貌，我想，倘若作为肖像画的模范，倒是很出色的。

1　即蔡元培。

午餐象是吃了一半了。是素菜，又简单。白俄的新闻上，曾经猜有无数的侍者，但只有一个厨子在搬菜。

萧吃得并不多，但也许开始的时候，已经很吃了一通了也难说。到中途，他用起筷子来了，很不顺手，总是夹不住。然而令人佩服的是他竟逐渐巧妙，终于紧紧的夹住了一块什么东西，于是得意的遍看着大家的脸，可是谁也没有看见这成功。

在吃饭时候的萧，我毫不觉得他是讽刺家。谈话也平平常常。例如说：朋友最好，可以久远的往还，父母和兄弟都不是自己自由选择的，所以非离开不可之类。

午餐一完，照了三张相。并排一站，我就觉得自己的矮小了，虽然心里想，假如再年青三十年，我得来做伸长身体的体操……。

两点光景，笔会（Pen Club）有欢迎。也趁了摩托车[1]一同去看时，原来是在叫作"世界学院"的大洋房里。走到楼上，早有为文艺的文艺家，民族主义文学家，交际明星，伶界大王等等，大约五十个人在那里了。合起围来，向他质问各色各样的事，好象翻检《大英百科全书》似的。

萧也演说了几句：诸君也是文士，所以这玩艺儿是全都知道的，至于扮演者，则因为是实行的，所以比起自己似的只是写写的人来，还要更明白。此外还有什么可说的呢。总之，今天就如看看动物园里的动物一样，现在已经看见了，这就可以了罢。云云。

大家都哄笑了，大约又以为这是讽刺。

也还有一点梅兰芳博士和别的名人的问答，但在这里，略之。

1　指汽车。

此后是将赠品送给萧的仪式。这是由有着美男子之誉的邵洵美[1]君拿上去的，是泥土做的戏子的脸谱的小模型，收在一个盒子里。还有一种，听说是演戏用的衣裳，但因为是用纸包好了的，所以没有见。萧很高兴的接受了。据张若谷[2]君后来发表出来的文章，则萧还问了几句话，张君也刺了他一下，可惜萧不听见云。但是，我实在也没有听见。

　　有人问他菜食主义的理由，这时很有了几个来照照相的人，我想，我这烟卷的烟是不行的，便走到外面的屋子去了。

　　还有面会新闻记者的约束，三点光景便又回到孙夫人的家里来。早有四五十个人在等候

1　邵洵美（1906—1968），新月派诗人。出身豪门，致力于出版事业；后背负历史反革命的罪名，服鸦片精自杀。

2　张若谷（1905—1967），中国现代作家，曾任杂志《真美善》主编，作品深受法国文学风格影响。曾以笔名罗无心影射鲁迅，鲁迅也启用新笔名罗怃反击。

了，但放进的却只有一半。首先是木村毅君和四五个文士，新闻记者是中国的六人，英国的一人，白俄一人，此外还有照相师三四个。

在后园的草地上，以萧为中心，记者们排成半圆阵，替代着世界的周游，开了记者的嘴脸展览会。萧又遇到了各色各样的质问，好象翻检《大英百科全书》似的。

萧似乎并不想多话。但不说，记者们是决不干休的，于是终于说起来了，说得一多，这回是记者那面的笔记的分量，就渐渐的减少了下去。

我想，萧并不是真的讽刺家，因为他就会说得那么多。

试验是大约四点半钟完结的，萧好象已经很疲倦，我就和木村君都回到内山书店里去了。

第二天的新闻，却比萧的话还要出色得远

远。在同一的时候，同一的地方，听着同一的话，写了出来的记事，却是各不相同的。似乎英文的解释，也会由于听者的耳朵，而变换花样。例如，关于中国的政府罢，英字新闻的萧，说的是中国人应该挑选自己们所佩服的人，作为统治者；日本字新闻的萧，说的是中国政府有好几个；汉字新闻的萧，说的是凡是好政府，总不会得人民的欢心的。

从这一点看起来，萧就并不是讽刺家，而是一面镜。

但是，在新闻上的对于萧的评论，大体是坏的。人们是各各去听自己所喜欢的、有益的讽刺去的，而同时也给听了自己所讨厌的、有损的讽刺。于是就各各用了讽刺来讽刺道，萧不过是一个讽刺家而已。

在讽刺竞赛这一点上，我以为还是萧这一面伟大。

我对于萧，什么都没有问；萧对于我，也什么都没有问。不料木村君却要我写一篇萧的印象记。别人做的印象记，我是常看的，写得仿佛一见便窥见了那人的真心一般，我实在佩服其观察之锐敏。至于自己，却连相书也没有翻阅过，所以即使遇见了名人罢，倘要我滔滔的来说印象，可就穷矣了。

　　但是，因为是特地从东京到上海来要我写的，我就只得寄一点这样的东西，算是一个对付。

一九三三年二月二十三夜。

（三月二十五日，许霞译自《改造》四月特辑，

更由作者校定。）

一二九

《萧伯纳在上海》序

　　现在的所谓"人"，身体外面总得包上一点东西，绸缎、毡布、纱葛都可以。就是穷到做乞丐，至少也得有一条破裤子；就是被称为野蛮人的，小肚前后也多有了一排草叶子。要是在大庭广众之前自己脱去了，或是被人撕去了，这就叫作不成人样子。

　　虽然不像样，可是还有人要看，站着看的也有，跟着看的也有，绅士淑女们一齐掩住了眼睛，然而从手指缝里偷瞥几眼的也有，总之是要看看别人的赤条条，却小心着自己的整齐的衣裤。

人们的讲话，也大抵包着绸缎以至草叶子的，假如将这撕去了，人们就也爱听，也怕听。因为爱，所以围拢来，因为怕，就特地给它起了一个对于自己们可以减少力量的名目曰"讽刺"，称说这类的话的人曰"讽刺家"。

伯纳·萧一到上海，热闹得比泰戈尔还利害，不必说毕力涅克（Boris Pilniak）和穆杭（Paul Morand）[1] 了，我以为原因就在此。

还有一层，是"专制使人们变成冷嘲"，但这是英国的事情，古来只能"道路以目"的人们是不敢的。不过时候也到底不同了，就要听洋讽刺家来"幽默"一回，大家哈哈一下子。

1　即莫朗（1888—1976），法国作家、外交官，担任外交官期间到访过欧洲、亚洲、非洲的众多国家。代表作《夜间营业》《夜间歇业》。毕力涅克即皮利尼亚克。

一三一

还有一层，我在这里不想提。

但先要提防自己的衣裤。于是各人的希望就不同起来了。蹩脚愿意他主张拿拐杖，癫子希望他赞成戴帽子，涂了脂粉的想他讽刺黄脸婆，民族主义文学者要靠他来压服了日本的军队。但结果如何呢？结果只要看唠叨的多，就知道不见得十分圆满了。

萧的伟大可又在这地方。英系报，日系报，白俄系报，虽然造了一些谣言，而终于全都攻击起来，就知道他决不为帝国主义所利用。至于有些中国报，那是无须多说的，因为原是洋大人的跟丁。这跟也跟得长久了，只在"不抵抗"或"战略关系"上，这才走在他们军队的前面。

萧在上海不到一整天，而故事竟有这么多，倘是别的文人，恐怕不见得会这样的。这不是一件小事情，所以这一本书，也确是重要的文献。在前三个部门之中，就将文人、政客、军阀、流氓、叭儿的各式各样的相貌，都在一个平面镜里映出来了。说萧是凹凸镜，我也不以为确凿。

余波流到北平，还给大英国的记者一个教训：他不高兴中国人欢迎他。二十日路透电说北平报章多登关于萧的文章，是"足证华人传统的不感觉苦痛性"。胡适博士尤其超脱，说是不加招待，倒是最高尚的欢迎。

"打是不打，不打是打！"

这真是一面大镜子，真是令人们觉得好象一面大镜子的大镜子，从去照或不愿去照里，都装模作样的显出了藏着的原形。在上海的一部分，虽然用笔和舌的还没有北平的外国记者和中国学者的巧妙，但已经有不少的花样。旧传的脸谱本来也有限，虽有未曾收录的，或后来发表的东西，大致恐怕总在这谱里的了。

一九三三年二月二十八日灯下，鲁迅。

由中国女人的脚，推定中国人之非中庸，又由此推定孔夫子有胃病

——"学匪"派考古学之一

古之儒者不作兴谈女人，但有时总喜欢谈到女人。例如"缠足"罢，从明朝到清朝的带些考据气息的著作中，往往有一篇关于这事起源的迟早的文章。为什么要考究这样下等事呢，现在不说他也罢，总而言之，是可以分为两大派的，一派说起源早，一派说起源迟。说早的

一派，看他的语气，是赞成缠足的，事情愈古愈好，所以他一定要考出连孟子的母亲，也是小脚妇人的证据来。说迟的一派却相反，他不大恭维缠足，据说，至早，亦不过起于宋朝的末年。

其实，宋末，也可以算得古的了。不过不缠之足，样子却还要古，学者应该"贵古而贱今"，斥缠足者，爱古也。但也有先怀了反对缠足的成见，假造证据的，例如前明才子杨升菴先生，他甚至于替汉朝人做《杂事秘辛》，来证明那时的脚是"底平趾敛"。

于是又有人将这用作缠足起源之古的材料，说既然"趾敛"，可见是缠的了。但这是自甘于低能之谈，这里不加评论。

照我的意见来说，则以上两大派的话，是都错，也都对的。现在是古董出现的多了，我们不但能看见汉唐的图画，也可以看到晋唐古坟里发掘出来的泥人儿。那些东西上所表现的女人的脚上，有圆头履，有方头履，可见是不缠足的。古人比今人聪明，她决不至于缠小脚而穿大鞋子，里面塞些棉花，使自己走得一步一拐。

但是，汉朝就确已有一种"利屣"[1]，头是尖尖的，平常大约未必穿罢，舞的时候，却非此不可。不但走着爽利，"潭腿"[2]似的踢开去之际，也不至于为裙子所碍，甚至于踢下裙子来。那时太太们固然也未始不舞，但舞的究以倡女为多，所以倡伎就大抵穿着"利屣"，穿得久了，也免不了要"趾敛"的。然而伎女的装束，是闺秀们的大成至圣先师，这在现在还是如此，常穿利屣，即等于现在之穿高跟皮

1　一种中国古代的舞鞋，头小而尖，常饰以坠珠和花纹。

2　中国武术拳种之一，一说源于河南潭家沟或山东龙潭寺，故名"潭腿"；因以屈伸性腿法为主，突发迅击似发射弹丸，又有"潭腿"是"弹腿"之误传的说法。

鞋，可以俨然居炎汉"摩登女郎"之列，于是乎虽是名门淑女，脚尖也就不免尖了起来。先是倡伎尖，后是摩登女郎尖，再后是大家闺秀尖，最后才是"小家碧玉"一齐尖。待到这些"碧玉"们成了祖母时，就入于利屣制度统一脚坛的时代了。

当民国初年，"不佞"[1]观光北京的时候，听人说，北京女人看男人是否漂亮（自按：盖即今之所谓"摩登"也）的时候，是从脚起，上看到头的。所以男人的鞋袜，也得留心，脚样更不消说，当然要弄得齐齐整整，这就是天下之所以有"包脚布"的原因。仓颉造字，我们是知道的，谁造这布的呢，却还没有研究出。但至少是"古已有之"，唐朝张鹭作的《朝野佥载》罢，他说武后朝有一位某男士，将脚裹

1　原义为形容一个人没有才能，古时的一种谦称。鲁迅常用这个词自谦，也曾称严复为"严不佞"。

得窄窄的，人们见了都发笑。可见盛唐之世，就已有了这一种玩意儿，不过还不是很极端，或者还没有很普及。然而好象终于普及了。由宋至清，绵绵不绝，民元革命以后，革了与否，我不知道，因为我是专攻考"古"学的。

然而奇怪得很，不知道怎的（自按：此处似略失学者态度），女士们之对于脚，尖还不够，并且勒令它"小"起来了，最高模范，还竟至于以三寸为度。这么一来，可以不必兼买利屣和方头履两种，从经济的观点来看，是不算坏的，可是从卫生的观点来看，却未免有些"过火"，换一句话，就是"走了极端"了。

我中华民族虽然常常的自命为爱"中庸"，行"中庸"的人民，其实是颇不免于过激的。譬如对于敌人罢，有时是压服不够，还要"除恶务尽"，杀掉不够，还要"食肉寝皮"。但有时候，却又谦虚到"侵略者要进来，让他们进来。也许他们会杀了十万中国人。不要紧，中国人有的是，我们再有人上去"。这真教人会猜不出是真痴还是假呆。而女人的脚尤其是一个铁证，不小则已，小则必求其三寸，宁可走不成路，摆摆摇摇。慨自辫子肃清以后，缠足本已一同解放的了，老新党的母亲们，鉴于自己在皮鞋里塞棉花之麻烦，一时也确给她的女儿留了天足。然而我们中华民族是究竟有些"极端"的，不多久，老病复发，有些女士们已在别想花样，用一枝细黑柱子将脚跟支起，叫它离开地球。她到底非要她的脚变把戏不可。由过去以测将来，则四朝（假如仍旧有朝代的话）之后，全国女人的脚趾都和小腿成一直线，是可以有八九成把握的。

然则圣人为什么大呼"中庸"呢？曰：这正因为大家并不中庸的缘故。人必有所缺，这才想起他所需。穷教员养不活老婆了，于是觉到女子自食其力说之合理，并且附带地向男女平权论点头；富翁胖到要发哮喘病了，才去打高而富球，从此主张运动的紧要。我们平时，是决不记得自己有一个头，或一个肚子，应该加以优待的，然而一旦头痛肚泻，这才记起了他们，并且大有休息要紧，饮食小心的议论。倘有谁听了这些议论之后，便贸贸然决定这议论者为卫生家，可就失之十丈，差以亿里了。

倒相反，他是不卫生家，议论卫生，正是他向来的不卫生的结果的表现。孔子曰，"不得中行而与之，必也狂狷乎，狂者进取，狷者有所不为也！"以孔子交游之广，事实上没法子只好寻狂狷相与，这便是他在理想上之所以哼着"中庸，中庸"的原因。

以上的推定假使没有错，那么，我们就可以进而推定孔子晚年，是生了胃病的了。"割不正不食"，这是他老先生的古板规矩，但"食不厌精，脍不厌细"的条令却有些稀奇。他并非百万富翁或能收许多版税的文学家，想不至于这么奢侈的，除了只为卫生，意在容易消化之外，别无解法。况且"不撤姜食"，又简直是省不掉暖胃药了。何必如此独厚于胃，念念不忘呢？曰，以其有胃病之故也。

倘说：坐在家里，不大走动的人们很容易生胃病，孔子周游历国，运动王公，该可以不生病证的了。那就是犯了知今而不知古的错误。盖当时花旗白面，尚未输入，土磨麦粉，多含灰沙，所以分量较今面为重；国道尚未修成，泥路甚多凹凸，孔子如果肯走，那是不大要紧的，而不幸他偏有一车两马。胃里袋着沉重的面食，坐在车子里走着七高八低的道路，一颠一顿，一掀一坠，胃就被坠得大起来，消化力随之减少，时时作痛；每餐非吃"生姜"不可了。所以那病的名目，该是"胃扩张"；那时候，则是"晚年"，约在周敬王十年以后。

以上的推定，虽然简略，却都是"读书得间"的成功。但若急于近功，妄加猜测，即很容易陷于"多疑"的谬误。例如罢，二月十四日《申报》载南京专电云："中执委会令各级党部及人民团体制'忠孝仁爱信义和平'匾额，悬挂礼堂中央，以资启迪。"看了之后，切不可便推定为各要人讥大家为"忘八"；三月一日《大晚报》载新闻云："孙总理夫人宋庆龄女士自归国寓沪后，关于政治方面，不闻不问，惟对社会团体之组织非常热心。据本报记者所得报告，前日有人由邮政局致宋女士之索诈信□（自按：原缺）件，业经本市当局派驻邮局检查处检查员查获，当将索诈信截留，转辗呈报市府。"看了之后，也切不可便推定虽为总理夫人宋女士的信件，也常在邮局被当局派员所检查。

盖虽"学匪派考古学",亦当不离于"学",而以"考古"为限的。

三月四日夜。

我怎么做起小说来

　　我怎么做起小说来？——这来由，已经在《呐喊》的序文上，约略说过了。这里还应该补叙一点的，是当我留心文学的时候，情形和现在很不同：在中国，小说不算文学，做小说的也决不能称为文学家，所以并没有人想在这一条道路上出世。我也并没有要将小说抬进"文苑"里的意思，不过想利用他的力量，来改良社会。

　　但也不是自己想创作，注重的倒是在绍介，

在翻译，而尤其注重于短篇，特别是被压迫的民族中的作者的作品。因为那时正盛行着排满论，有些青年，都引那叫喊和反抗的作者为同调的。所以"小说作法"之类，我一部都没有看过，看短篇小说却不少，小半是自己也爱看，大半则因了搜寻绍介的材料。也看文学史和批评，这是因为想知道作者的为人和思想，以便决定应否绍介给中国。和学问之类，是绝不相干的。

因为所求的作品是叫喊和反抗，势必至于倾向了东欧，因此所看的俄国、波兰以及巴尔干诸小国作家的东西就特别多。也曾热心的搜求印度、埃及的作品，但是得不到。记得当时最爱看的作者，是俄国的果戈理（N. Gogol）和波兰的显克微支（H. Sienkiewicz）[1]。日本的，

1　即显克维奇（1846—1916），1905年获诺贝尔文学奖，也是被鲁迅最早介绍到中国的波兰小说家，代表作《十字军骑士》《你往何处去》。

是夏目漱石和森鸥外。

回国以后，就办学校，再没有看小说的工夫了，这样的有五六年。为什么又开手了呢？——这也已经写在《呐喊》的序文里，不必说了。但我的来做小说，也并非自以为有做小说的才能，只因为那时是住在北京的会馆里的，要做论文罢，没有参考书，要翻译罢，没有底本，就只好做一点小说模样的东西塞责，这就是《狂人日记》。大约所仰仗的全在先前看过的百来篇外国作品和一点医学上的知识，此外的准备，一点也没有。

但是《新青年》的编辑者，却一回一回的来催，催几回，我就做一篇，这里我必得记念陈独秀先生，他是催促我做小说最着力的一个。

自然，做起小说来，总不免自己有些主见的。例如，说到"为什么"做小说罢，我仍抱着十多年前的"启蒙主义"，以为必须是"为人生"，而且要改良这人生。我深恶先前的称小说为"闲书"，而且将"为艺术的艺术"，看作不过是"消闲"的新式的别号。所以我的取材，多采自病态社会的不幸的人们中，意思是在揭出病苦，引起疗救的注意。所以我力避行文的唠叨，只要觉得够将意思传给别人了，就宁可什么陪衬拖带也没有。中国旧戏上，没有背景，新年卖给孩子看的花纸上，只有主要的几个人（但现在的花纸却多有背景了），我深信对于我的目的，这方法是适宜的，所以我不去描写风月，对话也决不说到一大篇。

我做完之后，总要看两遍，自己觉得拗口的，就增删几个字，一定要它读得顺口；没有相宜的白话，宁可引古语，希望总有人会懂，只有自己懂得或连自己也不懂的生造出来的字句，是不大用的。这一节，许多批评家之中，只有一个人看出来了，但他称我为 Stylist[1]。

　　所写的事迹，大抵有一点见过或听到过的缘由，但决不全用这事实，只是采取一端，加以改造，或生发开去，到足以几乎完全发表我的意思为止。人物的模特儿也一样，没有专用过一个人。往往嘴在浙江，脸在北京，衣服在山西，是一个拼凑起来的脚色。有人说，我的那一篇是骂谁，某一篇又是骂谁，那是完全胡说的。

　　不过这样的写法，有一种困难，就是令人难以放下笔。一气写下去，这人物就逐渐活动起来，尽了他的任务。但倘有什么分心的事情来一打岔，放下许久之后再来写，性格也许就变了样，情景也会和先前所豫想的不同起来。例如我做的《不周山》[2]，原意是在描写性的

1　英语，意为文体家。
2　即《故事新编·补天》初次发表的题名。

发动和创造，以至衰亡的，而中途去看报章，见了一位道学的批评家攻击情诗的文章，心里很不以为然，于是小说里就有一个小人物跑到女娲的两腿之间来，不但不必有，且将结构的宏大毁坏了。但这些处所，除了自己，大概没有人会觉到的，我们的批评大家成仿吾先生，还说这一篇做得最出色。

我想，如果专用一个人做骨干，就可以没有这弊病的，但自己没有试验过。

忘记是谁说的了，总之是，要极省俭的画出一个人的特点，最好是画他的眼睛。我以为这话是极对的，倘若画了全副的头发，即使细得逼真，也毫无意思，我常在学学这一种方法，可惜学不好。

可省的处所，我决不硬添，做不出的时候，我也决不硬做，但这是因为我那时别有收入，不靠卖文为活的缘故，不能作为通例的。

一五○

还有一层，是我每当写作，一律抹杀各种的批评。因为那时中国的创作界固然幼稚，批评界更幼稚，不是举之上天，就是按之入地，倘将这些放在眼里，就要自命不凡，或觉得非自杀不足以谢天下的。批评必须坏处说坏，好处说好，才于作者有益。

　　但我常看外国的批评文章，因为他于我没有恩怨嫉恨，虽然所评的是别人的作品，却很有可以借镜之处。但自然，我也同时一定留心这批评家的派别。

　　以上，是十年前的事了，此后并无所作，也没有长进，编辑先生要我做一点这类的文章，怎么能呢。拉杂写来，不过如此而已。

三月五日灯下。

一五一

关于女人

国难期间，似乎女人也特别受难些。一些正人君子责备女人爱奢侈，不肯光顾国货。就是跳舞，肉感等等，凡是和女性有关的，都成了罪状。仿佛男人都做了苦行和尚，女人都进了修道院，国难就会得救似的。

其实那不是女人的罪状，正是她的可怜。这社会制度把她挤成了各种各式的奴隶，还要把种种罪名加在她头上。西汉末年，女人的"堕马髻""愁眉啼妆"[1]，也说是亡国之兆。其实亡汉的何尝是女人！不过，只要看有人出来唉声叹气的不满意女人的妆束，我们就知道当时统治阶级的情形，大概有些不妙了。

奢侈和淫靡只是一种社会崩溃腐化的现象，决不是原因。私有制度的社会，本来把女人也当做私产，当做商品。一切国家，一切宗教都有许多稀奇古怪的规条，把女人看做一种不吉利的动物，威吓她，使她奴隶般的服从；同时又要她做高等阶级的玩具。正像现在的正人君子，他们骂女人奢侈，板起面孔维持风化，而同时正在偷偷地欣赏着肉感的大腿文化。

阿剌伯的一个古诗人[2]说："地上的天堂是

1　"堕马髻"，一种中国古代妇女的发型式样，发髻梳在一侧偏垂，呈将堕未堕的样式，常见于魏晋时期；"愁眉"指细而弯的眉形，"啼妆"指擦掉一些眼下的白粉模拟出泪痕的妆面。

2　指阿拉伯诗人穆太奈比。

在圣贤的经书上，马背上，女人的胸脯上。"
这句话倒是老实的供状。

　　自然，各种各式的卖淫总有女人的份。然而买卖是双方的。没有买淫的嫖男，那里会有卖淫的娼女。所以问题还在买淫的社会根源。这根源存在一天，也就是主动的买者存在一天，那所谓女人的淫靡和奢侈就一天不会消灭。男人是私有主的时候，女人自身也不过是男人的所有品。也许是因此罢，她的爱惜家财的心或者比较的差些，她往往成了"败家精"。何况现在买淫的机会那么多，家庭里的女人直觉地感觉到自己地位的危险。民国初年我就听说，上海的时髦是从长三幺二[1]传到姨太太之流，从姨太太之流再传到太太、奶奶、小姐。这些"人家人"，多数是不自觉地在和娼妓竞

1　　"长三"指旧时上海的高级妓女，"幺二"是较"长三"次一等的妓女。

争，——自然，她们就要竭力修饰自己的身体，修饰到拉得住男子的心的一切。这修饰的代价是很贵的，而且一天一天的贵起来，不但是物质上的，而且还有精神上的。

美国一个百万富翁说："我们不怕共匪（原文无匪字，谨遵功令改译），我们的妻女就要使我们破产，等不及工人来没收。"中国也许是惟恐工人"来得及"，所以高等华人的男女这样赶紧的浪费着，享用着，畅快着，那里还管得到国货不国货，风化不风化。然而口头上是必须维持风化，提倡节俭的。

四月十一日。

一五五

真假堂吉诃德

西洋武士道的没落产生了堂·吉诃德那样的戆大。他其实是个十分老实的书呆子。看他在黑夜里仗着宝剑和风车开仗，的确傻相可掬，觉得可笑可怜。

然而这是真正的吉诃德。中国的江湖派和流氓种子，却会愚弄吉诃德式的老实人，而自己又假装着堂·吉诃德的姿态。《儒林外史》上的几位公子，慕游侠剑仙之为人，结果是被这种假吉诃德骗去了几百两银子，换来了一颗血淋淋的猪头，——那猪算是侠客的"君父之仇"[1]了。

真吉诃德的做傻相是由于自己愚蠢，而假吉诃德是故意做些傻相给别人看，想要剥削别人的愚蠢。

可是中国的老百姓未必都还这么蠢笨，连这点儿手法也看不出来。

中国现在的假吉诃德们，何尝不知道大刀不能救国，他们却偏要舞弄着，每天"杀敌几百几千"的乱嚷，还有人"特制钢刀九十九，去赠送前敌将士"。可是，为着要杀猪起见，又舍不得飞机捐，于是乎"武器不精良"的宣传，一面作为节节退却或者"诱敌深入"的解释，一面又借此搜括一些杀猪经费。可惜前有慈禧太后，后有袁世凯，——清末的兴复海军

---

[1] 此处是《儒林外史》第十二回"名士大宴莺脰腹溯，侠客虚设人头会"的故事。

捐建设了颐和园。民四的"反日"爱国储金，增加了讨伐当时革命军的军需，——不然的话，还可以说现在发现了一个新发明。

他们何尝不知道"国货运动"振兴不了什么民族工业，国际的财神爷扼住了中国的喉咙，连气也透不出，甚么"国货"都跳不出这些财神的手掌心。然而"国货年"是宣布了，"国货商场"是成立了，像煞有介事的，仿佛抗日救国全靠一些戴着假面具的买办多赚几个钱。这钱还是从猪狗牛马身上剥削来的。不听见"增加生产力"，"劳资合作共赴国难"的呼声么？原本不把小百姓当人看待，然而小百姓做了猪狗牛马还是要负"救国责任"！结果，猪肉供给假吉诃德吃，而猪头还是要斫下来，挂出去，以为"捣乱后方"者戒。

他们何尝不知道什么"中国固有文化"咒不死帝国主义，无论念几千万遍"不仁不义"，或者金光明咒，也不会触发日本地震，使它陆沉大海。然而他们故意高喊恢复"民族精神"，仿佛得了什么祖传秘诀。意思其实很明白，是要小百姓埋头治心，多读修身教科书。这固有文化本来毫无疑义：是岳飞式的奉旨不抵抗的忠，是听命国联爷爷的孝，是斫猪头，吃猪肉，而又远庖厨的仁爱，是遵守卖身契约的信义，是"诱敌深入"的和平。而且，"固有文化"之外，又提倡什么"学术救国"，引证西哲菲希德[1]之言等类的居心，又何尝不是如此。

假吉诃德的这些傻相，真教人哭笑不得；你要是把假痴假呆当做真痴真呆，当真认为可笑可怜，那就未免傻到不可救药了。

四月十一日。

---

[1] 即德国哲学家费希特，著有《对德意志民族的演讲》《论学者的使命》。

《守常¹全集》题记

　　我最初看见守常先生的时候，是在独秀先生邀去商量怎样进行《新青年》的集会上，这样就算认识了。不知道他其时是否已是共产主义者。总之，给我的印象是很好的：诚实，谦和，不多说话。《新青年》的同人中，虽然也很有喜欢明争暗斗，扶植自己势力的人，但他一直到后来，绝对的不是。

1　即李大钊，守常是他的字。1927年4月6日，李大钊被奉
　　系军阀张作霖逮捕，4月28日遇害。

他的模样是颇难形容的，有些儒雅，有些朴质，也有些凡俗。所以既像文士，也像官吏，又有些像商人。这样的商人，我在南边没有看见过，北京却有的，是旧书店或笺纸店的掌柜。一九二六年三月十八日，段祺瑞们枪击徒手请愿的学生的那一次，他也在群众中，给一个兵抓住了，问他是何等样人。答说是"做买卖的"。兵道："那么，到这里来干什么？滚你的罢！"一推，他总算逃得了性命。

倘说教员，那时是可以死掉的。

然而到第二年，他终于被张作霖们害死了。

段将军的屠戮，死了四十二人，其中有几个是我的学生[1]，我实在很觉得一点痛楚；张

---

1 即"三一八"惨案。1926 年 3 月 18 日，军阀段祺瑞执政府枪杀爱国请愿群众，牺牲者有女师大学生刘和珍、杨德群等，鲁迅曾为该惨案作纪念文章《记念刘和珍君》。李大钊也曾在该事件中受伤。

将军的屠戮，死的好象是十多人，手头没有记录，说不清楚了，但我所认识的只有一个守常先生。在厦门知道了这消息之后，椭圆的脸，细细的眼睛和胡子，蓝布袍，黑马褂，就时时出现在我的眼前，其间还隐约看见绞首台。痛楚是也有些的，但比先前淡漠了。这是我历来的偏见：见同辈之死，总没有像见青年之死的悲伤。

这回听说在北平公然举行了葬式，计算起来，去被害的时候已经七年了。这是极应该的。我不知道他那时被将军们所编排的罪状，——大概总不外乎"危害民国"罢。然而仅在这短短的七年中，事实就铁铸一般的证明了断送民国的四省的并非李大钊，却是杀戮了他的将军！[1]

1　"四省"指辽宁、吉林、黑龙江和当时的热河省。九一八事变后，在国民党当局的"不抵抗"政策下，1931 年 12 月，张作霖之子张学良将东北军主力部队撤入山海关内。1932 年 2 月 5 日，日军占领哈尔滨，东北三省全部沦陷；次年 3 月，日军占领热河省。

那么，公然下葬的宽典，该是可以取得的了。然而我在报章上，又看见北平当局的禁止路祭和捕拿送葬者的新闻。我也不知道为什么，但这回恐怕是"妨害治安"了罢。倘其果然，则铁铸一般的反证，实在来得更加神速：看罢，妨害了北平的治安的是日军呢还是人民！

但革命的先驱者的血，现在已经并不希奇了。单就我自己说罢，七年前为了几个人，就发过不少激昂的空论，后来听惯了电刑、枪毙、斩决、暗杀的故事，神经渐渐麻木，毫不吃惊，也无言说了。我想，就是报上所记的"人山人海"去看枭首示众的头颅的人们，恐怕也未必觉得更兴奋于看赛花灯的罢。血是流得太多了。

不过热血之外，守常先生还有遗文在。不幸对于遗文，我却很难讲什么话。因为所执的业，彼此不同，在《新青年》时代，我虽以他为站在同一战线上的伙伴，却并未留心他的文章，譬如骑兵不必注意于造桥，炮兵无须分神于驭马，那时自以为尚非错误。所以现在所能说的，也不过：一、是他的理论，在现在看起来，当然未必精当的；二、是虽然如此，他的遗文却将永住，因为这是先驱者的遗产，革命史上的丰碑。一切死的和活的骗子的一迭迭的集子，不是已在倒塌下来，连商人也"不顾血本"的只收二三折了么？

　　以过去和现在的铁铸一般的事实来测将来，洞若观火！

一九三三年五月二十九夜，鲁迅谨记。

一六四

这一篇，是 T 先生[1]要我做的，因为那集子要在和他有关系的 G 书局出版。我谊不容辞，只得写了这一点，不久，便在《涛声》上登出来。但后来，听说那遗集稿子的有权者另托 C 书局去印了，至今没有出版，也许是暂时不会出版的罢，我虽然很后悔乱作题记的孟浪，但我仍然要在自己的集子里存留，记此一件公案。

十二月三十一夜，附识。

一六五

即曹聚仁（1900—1972），中国现代作家、学者、新闻记者。
与鲁迅因杂志《涛声》结缘，友情深厚，曾著《鲁迅评传》。

谈金圣叹

　　讲起清朝的文字狱来，也有人拉上金圣叹，其实是很不合适的。他的"哭庙"[1]，用近事来比例，和前年《新月》上的引据三民主义以自辩，并无不同，但不特捞不到教授而且至于杀头，则是因为他早被官绅们认为坏货了的缘

1　原义为到寺庙、祠堂等祭祀场所哭祭。清朝文学批评家金圣叹殒命于清初的"哭庙案"：顺治十八年二月帝崩，苏州诸生借哭灵之机，控诉吴县知县任维初贪赃暴政。巡抚朱国治祖护任维初，以"摇动人心倡乱，殊于国法"为由，将参与者定罪斩首，金圣叹或因撰写哭庙文而获罪。

故。就事论事，倒是冤枉的。

清中叶以后的他的名声，也有些冤枉。他抬起小说传奇来，和《左传》《杜诗》并列，实不过拾了袁宏道辈的唾余；而且经他一批，原作的诚实之处，往往化为笑谈，布局行文，也都被硬拖到八股的作法上。这余荫，就使有一批人，堕入了对于《红楼梦》之类，总在寻求伏线，挑剔破绽的泥塘。

自称得到古本，乱改《西厢》字句的案子且不说罢，单是截去《水浒》的后小半，梦想有一个"嵇叔夜"来杀尽宋江们，也就昏庸得可以。虽说因为痛恨流寇的缘故，但他是究竟近于官绅的，他到底想不到小百姓的对于流寇，只痛恨着一半：不在于"寇"，而在于"流"。

百姓固然怕流寇，也很怕"流官"。记得民元革命以后，我在故乡，不知怎地县知事常常掉换了。每一掉换，农民们便愁苦着相告道：

"怎么好呢？又换了一只空肚鸭来了！"他们虽然至今不知道"欲壑难填"的古训，却很明白"成则为王，败则为贼"的成语，贼者，流着之王，王者，不流之贼也，要说得简单一点，那就是"坐寇"。中国百姓一向自称"蚁民"，现在为便于譬喻起见，姑升为牛羊，铁骑一过，茹毛饮血，蹄骨狼藉，倘可避免，他们自然是总想避免的，但如果肯放任他们自啮野草，苟延残喘，挤出乳来将这些"坐寇"喂得饱饱的，后来能够比较的不复狼吞虎咽，则他们就以为如天之福。所区别的只在"流"与"坐"，却并不在"寇"与"王"。试翻明末的野史，就知道北京民心的不安，在李自成入京的时候，是不及他出京之际的利害的。

宋江据有山寨，虽打家劫舍，而劫富济贫，金圣叹却道应该在童贯、高俅辈的爪牙之前，一个个俯首受缚，他们想不懂。所以《水浒传》

一六八

纵然成了断尾巴蜻蜓，乡下人却还要看《武松独手擒方腊》这些戏。

不过这还是先前的事，现在似乎又有了新的经验了。听说四川有一只民谣，大略是"贼来如梳，兵来如篦，官来如剃"的意思。汽车飞艇，价值既远过于大轿马车，租界和外国银行，也是海通以来新添的物事，不但剃尽毛发，就是刮尽筋肉，也永远填不满的。正无怪小百姓将"坐寇"之可怕，放在"流寇"之上了。

事实既然教给了这些，仅存的路，就当然使他们想到了自己的力量。

五月三十一日。

又论"第三种人"

　　戴望舒先生远远的从法国给我们一封通信，叙述着法国 A. E. A. R.（革命文艺家协会）得了纪德的参加，在三月二十一日召集大会，猛烈的反抗德国法西斯谛的情形，并且绍介了纪德的演说，发表在六月号的《现代》上。法国的文艺家，这样的仗义执言的举动是常有的：较远，则如左拉为德来孚斯打不平，法朗士当左拉改葬时候的讲演；较近，则有罗曼罗兰的反对战争。但这回更使我感到真切的欢欣，因为问题是当前的问题，而我也正是憎恶法西斯谛的一个。不过戴先生在报告这事实的同时，一并指明了中国左翼作家的"愚蒙"和像军阀一般的横暴，我却还想来说几句话。但希望不要误会，以为意在辩解，希图中国也从所谓"第三种人"得到对于德国的被压迫者一般的声援，——并不是的。中国的焚禁书报，封闭书店，囚杀作者，实在还远在德国的白色恐怖以前，而且也得到过世界的革命的文艺家的抗议了。我现在要说的，不过那通信里的必须指出的几点。

那通信叙述过纪德的加入反抗运动之后，说道——

在法国文坛中，我们可以说纪德是"第三种人"，……自从他在一八九一年……起，一直到现在为止，他始终是一个忠实于他的艺术的人。然而，忠实于自己的艺术的作者，不一定就是资产阶级的"帮闲者"，法国的革命作家没有这种愚蒙的见解（或者不如说是精明的策略），因此，在热烈的欢迎之中，纪德便在群众之间发言了。

这就是说："忠实于自己的艺术的作者"，就是"第三种人"，而中国的革命作家，却"愚蒙"到指这种人为全是"资产阶级的帮闲者"，现在已经由纪德证实，是"不一定"的了。

这里有两个问题应该解答。

第一，是中国的左翼理论家是否真指"忠实于自己的艺术的作者"为全是"资产阶级的帮闲者"？据我所知道，却并不然。左翼理论家无论如何"愚蒙"，还不至于不明白"为艺术的艺术"在发生时，是对于一种社会的成规的革命，但待到新兴的战斗的艺术出现之际，还拿着这老招牌来明明暗暗阻碍他的发展，那就成为反动，且不只是"资产阶级的帮闲者"了。至于"忠实于自己的艺术的作者"，却并未视同一律。因为不问那一阶级的作家，都有一个"自己"，这"自己"，就都是他本阶级的一分子，忠实于他自己的艺术的人，也就是忠实于他本阶级的作者，在资产阶级如此，在无产阶级也如此。这是极显明粗浅的事实，左翼理论家也不会不明白的。但这位——戴先生用"忠实于自己的艺术"来和"为艺术的艺术"掉了一个包，可真显得左翼理论家的"愚蒙"透顶了。

第二，是纪德是否真是中国所谓的"第三种人"？我没有读过纪德的书，对于作品，没有加以批评的资格。但我相信：创作和演说，形式虽然不同，所含的思想是决不会两样的。我可以引出戴先生所绍介的演说里的两段来——

有人会对我说："在苏联也是这样的。"那是可能的事；但是目的却是完全两样的，而且，为了要建设一个新社会起见，为了把发言权给与那些一向做着受压迫者，一向没有发言权的人们起见，不得已的矫枉过正也是免不掉的事。

我为什么并怎样会在这里赞同我在那边所反对的事呢？那就是因为我在德国的恐怖政策中，见到了最可叹最可憎的过去底再演，在苏联的社会创设中，我却见到一个未来的无限的允约。

这说得清清楚楚，虽是同一手段，而他却因目的之不同而分为赞成或反抗。苏联十月革

一七四

命后，侧重艺术的"绥拉比翁的兄弟们"[1]这团体，也被称为"同路人"，但他们却并没有这么积极。中国关于"第三种人"的文字，今年已经汇印了一本专书，我们可以查一查，凡自称为"第三种人"的言论，可有丝毫近似这样的意见的么？倘其没有，则我敢决定地说，"不可以说纪德是'第三种人'"。

然而正如我说纪德不像中国的"第三种人"一样，戴望舒先生也觉得中国的左翼作家和法国的大有贤愚之别了。他在参加大会，为德国的左翼艺术家同伸义愤之后，就又想起了中国左翼作家的愚蠢横暴的行为。于是他临末禁不住感慨——

我不知道我国对于德国法西斯谛的暴

1　即谢拉皮翁兄弟，苏联文学团体。

行有没有什么表示。正如我们的军阀一样，我们的文艺者也是勇于内战的。在法国的革命作家们和纪德携手的时候，我们的左翼作家想必还在把所谓"第三种人"当作唯一的敌手吧！

这里无须解答，因为事实具在：我们这里也曾经有一点表示，但因为和在法国两样，所以情形也不同；刊物上也久不见什么"把所谓'第三种人'当作唯一的敌手"的文章，不再内战，没有军阀气味了。戴先生的豫料，是落了空的。

然而中国的左翼作家，这就和戴先生意中的法国左翼作家一样贤明了么？我以为并不这样，而且也不应该这样的。如果声音还没有全被削除的时候，对于"第三种人"的讨论，还极有从新提起和展开的必要。戴先生看出了

一七六

法国革命作家们的隐衷，觉得在这危急时，和"第三种人"携手，也许是"精明的策略"。但我以为单靠"策略"，是没有用的，有真切的见解，才有精明的行为，只要看纪德的讲演，就知道他并不超然于政治之外，决不能贸贸然称之为"第三种人"，加以欢迎，是不必别具隐衷的。不过在中国的所谓"第三种人"，却还复杂得很。

所谓"第三种人"，原意只是说：站在甲乙对立或相斗之外的人。但在实际上，是不能有的。人体有胖和瘦，在理论上，是该能有不胖不瘦的第三种人的，然而事实上却并没有，一加比较，非近于胖，就近于瘦。文艺上的"第三种人"也一样，即使好象不偏不倚罢，其实是总有些偏向的，平时有意的或无意的遮掩起来，而一遇切要的事故，它便会分明的显现。一如纪德，他就显出左向来了；别的人，也能从几句话里，分明的显出。所以在这混杂的一群中，有的能和革命前进，共鸣；有的也能乘机将革命中伤，软化，曲解。左翼理论家是有着加以分析的任务的。

如果这就等于"军阀"的内战，那么，左翼理论家就必须更加继续这内战，而将营垒分清，拔去了从背后射来的毒箭！

六月四日。

一七八

"蜜蜂"与"蜜"

陈思先生：

看了《涛声》上批评《蜜蜂》的文章后，发生了两个意见，要写出来，听听专家的判定。但我不再来辩论，因为《涛声》并不是打这类官司的地方。

村人火烧蜂群，另有缘故，并非阶级斗争的表现，我想，这是可能的。但蜜蜂是否会于虫媒花有害，或去害风媒花呢，我想，这也是可能的。

昆虫有助于虫媒花的受精，非徒无害，而且有益，就是极简略的生物学上也都这样说，确是不错的。但这是在常态时候的事。假使蜂多花少，情形可就不同了，蜜蜂为了采粉或者救饥，在一花上，可以有数匹甚至十余匹一涌而入，因为争，将花瓣弄伤，因为饿，将花心咬掉，听说日本的果园，就有遭了这种伤害的。它的到风媒花上去，也还是因为饥饿的缘故。这时酿蜜已成次要，它们是吃花粉去了。

所以，我以为倘花的多少，足供蜜蜂的需求，就天下太平，否则，便会"反动"。譬如蚁是养护蚜虫的，但倘将它们关在一处，又不另给食物，蚁就会将蚜虫吃掉；人是吃米或麦的，然而遇着饥馑，便吃草根树皮了。

中国向来也养蜂，何以并无此弊呢？那是极容易回答的：因为少。近来以养蜂为生财之大道，干这事的愈多。然而中国的蜜价，远逊欧美，与其卖蜜，不如卖蜂。又因报章鼓吹，思养蜂以获利者辈出，故买蜂者也多于买蜜。因这缘故，就使养蜂者的目的，不在于使酿蜜而在于使繁殖了。但种植之业，却并不与之俱进，遂成蜂多花少的现象，闹出上述的乱子来了。

总之，中国倘不设法扩张蜂蜜的用途，及同时开辟果园农场之类，而一味出卖蜂种以图目前之利，养蜂事业是不久就要到了绝路的。此信甚希发表，以冀有心者留意也。专此，顺请

著安。

罗沈。六月十一日。

经验

　　古人所传授下来的经验，有些实在是极可宝贵的，因为它曾经费去许多牺牲，而留给后人很大的益处。

　　偶然翻翻《本草纲目》，不禁想起了这一点。这一部书，是很普通的书，但里面却含有丰富的宝藏。自然，捕风捉影的记载，也是在所不免的，然而大部分的药品的功用，却由历久的经验，这才能够知道到这程度，而尤其惊人的是关于毒药的叙述。我们一向喜欢恭维古圣人，以为药物是由一个神农皇帝独自尝出来的，他曾经一天遇到过七十二毒，但都有解法，没有毒死。这种传说，现在不能主宰人心了，人们大抵已经知道一切文物，都是历来的无名氏所逐渐的造成。建筑，烹饪，渔猎，耕种，无不如此；医药也如此。这么一想，这事情可就大起来了：大约古人一有病，最初只好这样尝一点，那样尝一点，吃了毒的就死，吃了不相干的就无效，有的竟吃到了对证的就好起来，于是知道这是对于某一种病痛的药。这样地累积下去，乃有草创的纪录，后来渐成为庞大的书，如《本草纲目》就是。而且这书中的所记，又不独是中国的，还有阿剌伯人的经验，有印度人的经验，则先前所用的牺牲之大，更可想而知了。

然而也有经过许多人经验之后，倒给了后人坏影响的，如俗语说"各人自扫门前雪，莫管他家瓦上霜”的便是其一。救急扶伤，一不小心，向来就很容易被人所诬陷，而还有一种坏经验的结果的歌诀，是“衙门八字开，有理无钱莫进来”，于是人们就只要事不干己，还是远远的站开干净。我想，人们在社会里，当初是并不这样彼此漠不相关的，但因豺狼当道，事实上因此出过许多牺牲，后来就自然的都走到这条道路上去了。所以，在中国，尤其是在都市里，倘使路上有暴病倒地，或翻车摔伤的人，路人围观或甚至于高兴的人尽有，肯伸手来扶助一下的人却是极少的。这便是牺牲所换来的坏处。

　　总之，经验的所得的结果无论好坏，都要很大的牺牲，虽是小事情，也免不掉要付惊人的代价。例如近来有些看报的人，对于什么宣言、通电、讲演、谈话之类，无论它怎样骈四俪六，崇论宏议，也不去注意了，甚而还至于

一八四

不但不注意，看了倒不过做做嘻笑的资料。这那里有"始制文字，乃服衣裳"一样重要呢，然而这一点点结果，却是牺牲了一大片地面，和许多人的生命财产换来的。生命，那当然是别人的生命，倘是自己，就得不着这经验了。所以一切经验，是只有活人才能有的，我的决不上别人讥剌我怕死，就去自杀或拚命的当，而必须写出这一点来，就为此。而且这也是小小的经验的结果。

六月十二日。

谚语

　　粗略的一想，谚语固然好象一时代一国民的意思的结晶，但其实，却不过是一部分的人们的意思。现在就以"各人自扫门前雪，莫管他家瓦上霜"来做例子罢，这乃是被压迫者们的格言，教人要奉公，纳税，输捐[1]，安分，不可怠慢，不可不平，尤其是不要管闲事；而压迫者是不算在内的。

1　意为捐献、献纳。

专制者的反面就是奴才，有权时无所不为，失势时即奴性十足。孙皓是特等的暴君，但降晋之后，简直像一个帮闲；宋徽宗在位时，不可一世，而被掳后偏会含垢忍辱。做主子时以一切别人为奴才，则有了主子，一定以奴才自命：这是天经地义，无可动摇的。

所以被压制时，信奉着"各人自扫门前雪，莫管他家瓦上霜"的格言的人物，一旦得势，足以凌人的时候，他的行为就截然不同，变为"各人不扫门前雪，却管他家瓦上霜"了。

二十年来，我们常常看见：武将原是练兵打仗的，且不问他这兵是用以安内或攘外，总之他的"门前雪"是治军，然而他偏来干涉教育，主持道德；教育家原是办学的，无论他成绩如何，总之他的"门前雪"是学务，然而他偏去膜拜"活佛"，绍介国医。小百姓随军充伕，童子军沿门募款。头儿胡行于上，蚁民乱碰于下，结果是各人的门前都不成样，各家的瓦上也一团糟。

女人露出了臂膊和小腿，好象竟打动了贤人们的心，我记得曾有许多人絮絮叨叨，主张禁止过，后来也确有明文禁止了。不料到得今年，却又"衣服蔽体已足，何必前拖后曳，消耗布匹，……顾念时艰，后患何堪设想"起来。四川的营山县长于是就令公安局派队一一剪掉行人的长衣的下截。长衣原是累赘的东西，但以为不穿长衣，或剪去下截，即于"时艰"有补，却是一种特别的经济学。《汉书》上有一句云，"口含天宪"，此之谓也。

某一种人，一定只有这某一种人的思想和眼光，不能越出他本阶级之外。说起来，好象又在提倡什么犯讳的阶级了，然而事实是如此的。谣谚并非全民的意思，就为了这缘故。古之秀才，自以为无所不晓，于是有"秀才不

一八八

出门，而知天下事"这自负的漫天大谎，小百姓信以为真，也就渐渐的成了谚语，流行开来。其实是"秀才虽出门，不知天下事"的。秀才只有秀才头脑和秀才眼睛，对于天下事，那里看得分明，想得清楚。清末，因为想"维新"，常派些"人才"出洋去考察，我们现在看看他们的笔记罢，他们最以为奇的是什么馆里的蜡人能够和活人对面下棋。南海圣人康有为，佼佼者也，他周游十一国，一直到得巴尔干，这才悟出外国之所以常有"弑君"之故来了，曰：因为宫墙太矮的缘故。

六月十三日。

大家降一级试试看

　　《文学》第一期的《〈图书评论〉所评文学书部分的清算》，是很有趣味，很有意义的一篇账。这《图书评论》不但是"我们唯一的批评杂志"，也是我们的教授和学者们所组成的唯一的联军。然而文学部分中，关于译注本的批评却占了大半，这除掉那《清算》里所指出的各种之外，实在也还有一个切要的原因，就是在我们学术界、文艺界作工的人员，大抵都比他的实力凭空跳高一级。

校对员一面要通晓排版的格式，一面要多认识字，然而看现在的出版物，"己"与"巳"，"戮"与"戳"，"剌"与"刺"，在很多的眼睛里是没有区别的。版式原是排字工人的事情，因为他不管，就压在校对员的肩膀上，如果他再不管，那就成为和大家不相干。作文的人首先也要认识字，但在文章上，往往以"战慄"为"战慄"，以"已竟"为"已经"；"非常顽艳"是因妒杀人的情形；"年已鼎盛"的意思，是说这人已有六十多岁了。至于译注的书，那自然，不是"硬译"，就是误译，为了训斥与指正，竟占去了九本《图书评论》中文学部分的书数的一半，就是一个不可动摇的证明。

这些错误的书的出现，当然大抵是因为看准了社会上的需要，匆匆的来投机，但一面也实在为了胜任的人，不肯自贬声价，来做这用力多而获利少的工作的缘故。否则，这些译注者是只配埋首大学，去谨听教授们的指示的。只因为能够不至于误译的人们洁身远去，出版界上空荡荡了，遂使小兵也来挂着帅印，辱没了翻译的天下。

但是，胜任的译注家那里去了呢？那不消说，他也跳了一级，做了教授，成为学者了。"世无英雄，遂使竖子成名"，于是只配做学生的胚子，就乘着空虚，托庇变了译注者。而事同一律，只配做个译注者的胚子，却踞着高座，昂然说法了。杜威教授有他的实验主义[1]，白璧德教授有他的人文主义，从他们那里零零碎碎贩运一点回来的就变了中国的呵斥八极的学者，不也是一个不可动摇的证明么？

要澄清中国的翻译界，最好是大家都降下

1　杜威（1859—1952），美国哲学家，实用主义的主要代表，曾应胡适等人邀请到中国讲学。

一级去，虽然那时候是否真是都能胜任愉快，也还是一个没有把握的问题。

一九三

沙

　　近来的读书人，常常叹中国人好象一盘散沙，无法可想，将倒楣的责任，归之于大家。其实这是冤枉了大部分中国人的。小民虽然不学，见事也许不明，但知道关于本身利害时，何尝不会团结。先前有跪香[1]，民变，造反；现在也还有请愿之类。他们的像沙，是被统治者"治"成功的，用文言来说，就是"治绩"。

---

[1] 原义为礼佛跪拜或罚跪时，以香炷燃烧的长短计算时间，后引申为手捧燃香跪在衙门前请愿。

那么，中国就没有沙么？有是有的，但并非小民，而是大小统治者。

人们又常常说："升官发财。"其实这两件事是不并列的，其所以要升官，只因为要发财，升官不过一种发财的门径。所以官僚虽然依靠朝廷，却并不忠于朝廷，吏役虽然依靠衙署，却并不爱护衙署，头领下一个清廉的命令，小喽罗是决不听的，对付的方法有"朦蔽"。他们都是自私自利的沙，可以肥己时就肥己，而且每一粒都是皇帝，可以称尊处就称尊。有些人译俄皇为"沙皇"，移赠此辈，倒是极确切的尊号。财何从来？是从小民身上刮下来的。小民倘能团结，发财就烦难，那么，当然应该想尽方法，使他们变成散沙才好。以沙皇治小民，于是全中国就成为"一盘散沙"了。

然而沙漠以外，还有团结的人们在，他们"如入无人之境"的走进来了。

这就是沙漠上的大事变。当这时候，古人曾有两句极切贴的比喻，叫作"君子为猿鹤，小人为虫沙"。那些君子们，不是像白鹤的腾空，就如猢狲的上树，"树倒猢狲散"，另外还有树，他们决不会吃苦。剩在地下的，便是小民的蝼蚁和泥沙，要践踏杀戮都可以，他们对沙皇尚且不敌，怎能敌得过沙皇的胜者呢？

然而当这时候，偏又有人摇笔鼓舌，向着小民提出严重的质问道："国民将何以自处"呢，"问国民将何以善其后"呢？忽然记得了"国民"，别的什么都不说，只又要他们来填亏空，不是等于向着缚了手脚的人，要求他去捕盗么？

但这正是沙皇治绩的后盾，是猿鸣鹤唳的尾声，称尊肥己之余，必然到来的末一着。

七月十二日。

给"文学社"信

编辑先生：

  《文学》第二号，伍实[1]先生写的《休士[2]在中国》中，开首有这样的一段——

    ……萧翁是名流，自配我们的名流招

---

1 即傅东华（1893—1971），翻译家，在茅盾和郑振铎举荐下担任《文学》主编，曾译介美国作家玛格丽特·米切尔的《飘》到中国。

2 即休斯（1902—1967），美国诗人、小说家，诗作风格结合了爵士乐与黑人民歌，曾参加"哈莱姆文艺复兴运动"。他自称和鲁迅见过面。

一九七

待，且唯其是名流招待名流，这才使鲁迅先生和梅兰芳博士有千载一时的机会得聚首于一堂。休士呢，不但不是我们的名流心目中的那种名流，且还加上一层肤色上的顾忌！

是的，见萧的不只我一个，但我见了一回萧，就被大小文豪一直笑骂到现在，最近的就是这回因此就并我和梅兰芳为一谈的名文。然而那时是招待者邀我去的。这回的招待休士，我并未接到通知，时间地址，全不知道，怎么能到？即使邀而不到，也许有别的原因，当口诛笔伐之前，似乎也须略加考察。现在并未相告，就责我不到，因这不到，就断定我看不起黑种。作者是相信的罢，读者不明事实，大概也可以相信的，但我自己还不相信我竟是这样一个势利卑劣的人！

一九八

给我以诬蔑和侮辱,是平常的事;我也并不为奇:惯了。但那是小报,有敌人。略具识见的,一看就明白。而《文学》是挂着冠冕堂皇的招牌的,我又是同人之一,为什么无端虚构事迹,大加奚落,至于到这地步呢?莫非缺一个势利卑劣的老人,也在文学戏台上跳舞一下,以给观众开心,且催呕吐么?我自信还不至于是这样的脚色,我还能够从此跳下这可怕的戏台。那时就无论怎样诬辱嘲骂,彼此都没有矛盾了。

我看伍实先生其实是化名,他一定也是名流,就是招待休士,非名流也未必能够入座。不过他如果和上海的所谓文坛上的那些狐鼠有别,则当施行人身攻击之际,似乎应该略负一点责任,宣布出和他的本身相关联的姓名,给我看看真实的嘴脸。这无关政局,决无危险,况且我们原曾相识,见面时倒是装作十分客气的也说不定的。

　　临末，我要求这封信就在《文学》三号上
发表。

鲁迅。七月二十九日。

关于翻译

今年是"国货年"，除"美麦"[1]外，有些洋气的都要被打倒了。四川虽然正在奉令剪掉路人的长衫，上海的一位慷慨家却因为讨厌洋服而记得了袍子和马褂。翻译也倒了运，得到一个笼统的头衔是"硬译"和"乱译"。但据我所见，这些"批评家"中，一面要求着"好

1　1933 年 6 月，国民党政府为给"剿共"和内战做准备，和美国复兴金融公司签订了"棉麦借款"合同，借款五千万美元，分别购买美麦和美棉。

的翻译"者，却一个也没有的。

创作对于自己人，的确要比翻译切身，易解，然而一不小心，也容易发生"硬作""乱作"的毛病，而这毛病，却比翻译要坏得多。我们的文化落后，无可讳言，创作力当然也不及洋鬼子，作品的比较的薄弱，是势所必至的，而且又不能不时时取法于外国。所以翻译和创作，应该一同提倡，决不可压抑了一面，使创作成为一时的骄子，反因容纵而脆弱起来。我还记得先前有一个排货的年头，国货家贩了外国的牙粉，摇松了两瓶，装作三瓶，贴上商标，算是国货，而购买者却多损失了三分之一；还有一种痱子药水，模样和洋货完全相同，价钱却便宜一半，然而它有一个大缺点，是搽了之后，毫无功效，于是购买者便完全损失了。

注重翻译，以作借镜，其实也就是催进和鼓励着创作。但几年以前，就有了攻击"硬译"

的"批评家"，搔下他旧疮疤上的末屑，少得像膏药上的麝香一样，因为少，就自以为是奇珍。而这风气竟传布开来了，许多新起的论者，今年都在开始轻薄着贩来的洋货。比起武人的大买飞机，市民的拚命捐款来，所谓"文人"也者，真是多么昏庸的人物呵。

我要求中国有许多好的翻译家，倘不能，就支持着"硬译"。理由还在中国有许多读者层，有着并不全是骗人的东西，也许总有人会多少吸收一点，比一张空盘较为有益。而且我自己是向来感谢着翻译的，例如关于萧的毁誉和现在正在提起的题材的积极性的问题，在洋货里，是早有了明确的解答的。关于前者，德国的尉特甫格（Karl Wittvogel）[1] 在《萧伯纳是

1　即魏特夫（1896—1988），德裔美国历史学家。曾加入德国共产党，1933 年被捕叛党，后赴美。1935 年来华，与胡适等人结识。1957 年，他为"冷战"服务的代表作《东方专制主义》曾引起广泛争论。

丑角》里说过——

　　至于说到萧氏是否有意于无产阶级的
革命，这并不是一个重要的问题。十八世
纪的法国大哲学家们，也并不希望法国的
大革命。虽然如此，然而他们都是引导着
必至的社会变更的那种精神崩溃的重要势
力。（刘大杰译，《萧伯纳在上海》所载。）

　　关于后者，则恩格勒[1]在给明那·考茨基
（Minna Kautsky，就是现存的考茨基[2]的母亲）
的信里，已有极明确的指示，对于现在的中国，
也是很有意义的——

1　即恩格斯。
2　即敏娜·考茨基（1837—1912），德国女作家，代表作《格
　　里兰霍夫的斯蒂凡》。

还有，在今日似的条件之下，小说是大抵对于布尔乔亚层的读者的，所以，由我看来，只要正直地叙述出现实的相互关系，毁坏了罩在那上面的作伪的幻影，使布尔乔亚世界的乐观主义动摇，使对于现存秩序的永远的支配起疑，则社会主义的倾向的文学，也就十足地尽了它的使命了——即使作者在这时并未提出什么特定的解决，或者有时连作者站在那一边也不很明白。（日本上田进原译，《思想》百三十四号所载。）

　　　　　　　　　　　　　　　　八月二日。

《一个人的受难》序

　　"连环图画"这名目，现在已经有些用熟了，无须更改；但其实是应该称为"连续图画"的，因为它并非"如环无端"，而是有起有讫的画本。中国古来的所谓"长卷"，如《长江无尽图卷》，如《归去来辞图卷》，也就是这一类，不过联成一幅罢了。

　　这种画法的起源真是早得很。埃及石壁所雕名王的功绩，"死书"所画冥中的情形，已就是连环图画。别的民族，古今都有，无须细述了。这于观者很有益，因为一看即可以大概明白当时的若干的情形，不比文辞，非熟习的不能领会。到十九世纪末，西欧的画家，有许多很喜欢作这一类画，立一个题，制成画帖，但并不一定连贯的。用图画来叙事，又比较的后起，所作最多的就有麦绥莱勒。我想，这和电影有极大的因缘，因为一面是用图画来替文字的故事，同时也是用连续来代活动的电影。

麦绥莱勒（Frans Masereel）是反对欧战的一人；据他自己说，以一八九九年七月三十一日生于弗兰兑伦的勃兰勘培克（Blankenberghe in Flandern），幼小时候是很幸福的。因为玩的多，学的少。求学时代是在干德（Gent），在那里的艺术学院里学了小半年；后来就漫游德、英、瑞士、法国去了，而最爱的是巴黎，称之为"人生的学校"。在瑞士时，常投画稿于日报上，摘发社会的隐病，罗曼罗兰比之于陀密埃（Daumier）和戈耶（Goya）[1]。但所作最多的是木刻的书籍上的插图，和全用图画来表现的故事。他是酷爱巴黎的，所以作品往往浪漫，奇诡，出于人情，因以收得惊异和滑稽的效果。独有这《一个人的受难》（*Die Passion eines Menschen*）乃是写实之作，和别的图画故事都不同。

这故事二十五幅中，也并无一字的说明。但我们一看就知道：在桌椅之外，一无所有的屋子里，一个女子怀着孕了（一），生产之后，即被别人所斥逐，不过我不知道斥逐她的是雇主，还是她的父亲（二），于是她只好在路上彷徨（三），终于跟了别人；先前的孩子，便进了野孩子之群，在街头捣乱（四）。稍大，

1　陀密埃即杜米埃（1808—1879），法国画家，擅长讽刺漫画，代表作《三等车厢》《带孩子的洗衣妇》；戈耶即戈雅（1746—1828），西班牙画家，代表作《着衣的玛哈》《裸体的玛哈》《1808 年 5 月 3 日夜枪杀起义者》。

去学木匠，但那么重大的工作，幼童是不胜任的（五），到底免不了被人踢出，像打跑一条野狗一样（六）。他为饥饿所逼，就去偷面包（七），而立刻被维持秩序的巡警所捕获（八），关进监牢里去了（九）。罚满释出（十），这回却轮到他在热闹的路上彷徨（十一），但幸而也竟找得了修路的工作（十二）。不过，终日挥着鹤嘴锄，是会觉得疲劳的（十三），这时乘机而入的却是恶友（十四），他受了诱惑，去会妓女（十五），去玩跳舞了（十六）。但归途中又悔恨起来（十七），决计进厂做工，而且一早就看书自习（十八）；在这环境里，这才遇到了真的相爱的同人（十九）。但劳资两方冲突了，他登高呼号，联合了工人，和资本家战斗（二十），于是奸细窥探于前（二十一），兵警弹压于后（二十二），奸细又从中离间，他被捕了（二十三）。在受难的"神之子"耶稣像前，这"人之子"就受着裁判（二十四）；自然是死刑，他站着，等候着兵们的开枪（二十五）！

耶稣说过，富翁想进天国，比骆驼走过针孔还要难。但说这话的人，自己当时却受难（Passion）了。现在是欧美的一切富翁，几乎都是耶稣的信奉者，而受难的就轮到了穷人。

这就是《一个人的受难》中所叙述的。

一九三三年八月六日，鲁迅记。

二〇

祝《涛声》

    《涛声》的寿命有这么长，想起来实在有点奇怪的。

    大前年和前年，所谓作家也者，还有什么什么会，标榜着什么什么文学，到去年就渺渺茫茫了，今年是大抵化名办小报，卖消息；消息那里有这么多呢，于是造谣言。先前的所谓作家还会联成黑幕小说，现在是联也不会联了，零零碎碎的塞进读者的脑里去，使消息和秘闻之类成为他们的全部大学问。这功绩的褒奖是稿费之外，还有消息奖，"挂羊头卖狗肉"也成了过去的事，现在是在"卖人肉"了。

于是不"卖人肉"的刊物及其作者们，便成为被卖的货色。这也是无足奇的，中国是农业国，而麦子却要向美国定购，独有出卖小孩，只要几百钱一斤，则古文明国中的文艺家，当然只好卖血，尼采说过："我爱血写的书"呀。

然而《涛声》尚存，这就是我所谓"想起来实在有点奇怪"。

这是一种幸运，也是一个缺点。看现在的景况，凡有救准或默许其存在的，倒往往会被一部分人们摇头。有人批评过我，说，只要看鲁迅至今还活着，就足见不是一个什么好人。这是真的，自民元革命以至现在，好人真不知道被害死了多少了，不过谁也没有记一篇准帐。这事实又教坏了我，因为我知道即使死掉，也不过给他们大卖消息，大造谣言，说我的被杀，其实是为了金钱或女人关系。所以，名列于该杀之林则可，悬梁服毒，是不来的。

《涛声》上常有赤膊打仗，拚死拚活的文章，这脾气和我很相反，并不是幸存的原因。我想，那幸运而且也是缺点之处，是在总喜欢引古证今，带些学究气。中国人虽然自夸"四千余年古国古"，可是十分健忘的，连民族主义文学家，也会认成吉斯汗为老祖宗，则不宜与之谈古也可见。上海的市侩们更不需要这些，他们感到兴趣的只是今天开奖，邻右争风；眼光远大的也不过要知道名公如何游山，阔人和谁要好之类；高尚的就看什么学界琐闻，文坛消息。总之，是已将生命割得零零碎碎了。

这可以使《涛声》的销路不见得好，然而一面也使《涛声》长寿。文人学士是清高的，他们现在也更加聪明，不再恭维自己的主子，来着痕迹了。他们只是排好暗箭，拿定粪

二一三

帚，监督着应该俯伏着的奴隶们，看有谁抬起头来的，就射过去，洒过去，结果也许会终于使这人被绑架或被暗杀，由此使民国的国民一律"平等"。《涛声》在销路上的不大出头，也正给它逃了暂时的性命，不过，也还是很难说，因为"不测之威"，也是古来就有的。

我是爱看《涛声》的，并且以为这样也就好。然而看近来，不谈政治呀，仍谈政治呀，似乎更加不大安分起来，则我的那些忠告，对于"乌鸦为记"的刊物，恐怕也不见得有效。

那么，"祝"也还是"白祝"，我也只好看一张，算一张了。昔人诗曰，"丧乱死多门"，信夫！

八月六日。

十一月二十五日的《涛声》上，果然发出《休刊辞》来，开首道："十一月二十日下午，本刊奉令缴还登记证，'民亦劳止，汔可小康'。我们准备休息一些时了。"……这真是康有为所说似的"不幸而吾言中"，岂不奇而不奇也哉。

　　　　　　　　　　　十二月三十一夜，补记。

上海的少女

在上海生活，穿时髦衣服的比土气的便宜。如果一身旧衣服，公共电车的车掌会不照你的话停车，公园看守会格外认真的检查入门券，大宅子或大客寓的门丁会不许你走正门。所以，有些人宁可居斗室，喂臭虫，一条洋服裤子却每晚必须压在枕头下，使两面裤腿上的折痕天天有棱角。

然而更便宜的是时髦的女人。这在商店里最看得出：挑选不完，决断不下，店员也还是很能忍耐的。不过时间太长，就须有一种必要的条件，是带着一点风骚，能受几句调笑。否则，也会终于引出普通的白眼来。

惯在上海生活了的女性，早已分明地自觉着这种自己所具的光荣，同时也明白着这种光荣中所含的危险。所以凡有时髦女子所表现的神气，是在招摇，也在固守，在罗致，也在抵御，像一切异性的亲人，也像一切异性的敌人，她在喜欢，也正在恼怒。这神气也传染了未成年的少女，我们有时会看见她们在店铺里购买东西，侧着头，佯嗔薄怒，如临大敌。自然，店员们是能像对于成年的女性一样，加以调笑的，而她也早明白着这调笑的意义。总之：她们大抵早熟了。

然而我们在日报上，确也常常看见诱拐女孩，甚而至于凌辱少女的新闻。

不但是《西游记》里的魔王，吃人的时候必须童男和童女而已，在人类中的富户豪家，也一向以童女为侍奉，纵欲，鸣高，寻仙，采补的材料，恰如食品的餍足了普通的肥甘，就想乳猪芽茶一样。现在这现象并且已经见于商人和工人里面了，但这乃是人们的生活不能顺遂的结果，应该以饥民的掘食草根树皮为比例，和富户豪家的纵恣的变态是不可同日而语的。

但是，要而言之，中国是连少女也进了险境了。

这险境，更使她们早熟起来，精神已是成人，肢体却还是孩子。俄国的作家梭罗古勃 [1] 曾经写过这一种类型的少女，说是还是小孩子，而眼睛却已经长大了。然而我们中国的作家是

1　即索洛古勃（1863—1927），俄国诗人、小说家，代表作《小恶魔》。

另有一种称赞的写法的：所谓“娇小玲珑”者就是。

八月十二日。

顽劣，钝滞，都足以使人没落，灭亡。

上海的儿童

　　上海越界筑路的北四川路一带，因为打仗，去年冷落了大半年，今年依然热闹了，店铺从法租界搬回，电影院早经开始，公园左近也常见携手同行的爱侣，这是去年夏天所没有的。

　　倘若走进住家的弄堂里去，就看见便溺器，吃食担，苍蝇成群的在飞，孩子成队的在闹，有剧烈的捣乱，有发达的骂詈，真是一个乱烘烘的小世界。但一到大路上，映进眼帘来的却只是轩昂活泼地玩着走着的外国孩子，中国的

儿童几乎看不见了。但也并非没有，只因为衣裤郎当，精神萎靡，被别人压得像影子一样，不能醒目了。

中国中流的家庭，教孩子大抵只有两种法。其一，是任其跋扈，一点也不管，骂人固可，打人亦无不可，在门内或门前是暴主，是霸王，但到外面，便如失了网的蜘蛛一般，立刻毫无能力。其二，是终日给以冷遇或呵斥，甚而至于打扑，使他畏葸退缩，仿佛一个奴才，一个傀儡，然而父母却美其名曰"听话"，自以为是教育的成功，待到放他到外面来，则如暂出樊笼的小禽，他决不会飞鸣，也不会跳跃。

现在总算中国也有印给儿童看的画本了，其中的主角自然是儿童，然而画中人物，大抵倘不是带着横暴冥顽的气味，甚而至于流氓模样的，过度的恶作剧的顽童，就是钩头耸背，低眉顺眼，一副死板板的脸相的所谓"好孩

子"。这虽然由于画家本领的欠缺，但也是取儿童为范本的，而从此又以作供给儿童仿效的范本。我们试一看别国的儿童画罢，英国沉着，德国粗豪，俄国雄厚，法国漂亮，日本聪明，都没有一点中国似的衰惫的气象。观民风是不但可以由诗文，也可以由图画，而且可以由不为人们所重的儿童画的。

顽劣，钝滞，都足以使人没落，灭亡。童年的情形，便是将来的命运。我们的新人物，讲恋爱，讲小家庭，讲自立，讲享乐了，但很少有人为儿女提出家庭教育的问题，学校教育的问题，社会改革的问题。先前的人，只知道"为儿孙作马牛"，固然是错误的，但只顾现在，不想将来，"任儿孙作马牛"，却不能不说是一个更大的错误。

八月十二日。

二二四

"论语一年"

——借此又谈萧伯纳

　　说是《论语》办到一年了，语堂先生命令我做文章。这实在好象出了"学而一章"的题目，叫我做一篇白话八股一样。没有法，我只好做开去。

　　老实说罢，他所提倡的东西，我是常常反对的。先前，是对于"费厄泼赖"[1]，现在呢，就是"幽默"。我不爱"幽默"，并且以为这

1　即英语"fair play"的音译，意为堂堂正正地比赛。

是只有爱开圆桌会议的国民才闹得出来的玩意儿，在中国，却连意译也办不到。我们有唐伯虎，有徐文长；还有最有名的金圣叹，"杀头，至痛也，而圣叹以无意得之，大奇！"虽然不知道这是真话，是笑话；是事实，还是谣言。但总之：一来，是声明了圣叹并非反抗的叛徒；二来，是将屠户的凶残，使大家化为一笑，收场大吉。我们只有这样的东西，和"幽默"是并无什么瓜葛的。

况且作者姓氏一大篇，动手者寥寥无几，乃是中国的古礼。在这种礼制之下，要每月说出两本"幽默"来，倒未免有些"幽默"的气息。这气息令人悲观，加以不爱，就使我不大热心于《论语》了。

然而，《萧的专号》是好的。

它发表了别处不肯发表的文章，揭穿了别处故意颠倒的谈话，至今还使名士不平，小官

怀恨，连吃饭睡觉的时候都会记得起来。憎恶之久，憎恶者之多，就是效力之大的证据。

莎士比亚虽然是"剧圣"，我们不大有人提起他。五四时代绍介了一个易卜生，名声倒还好，今年绍介了一个萧，可就糟了。至今还有人肚子在发胀。

为了他笑嘻嘻，辨不出是冷笑，是恶笑，是嬉笑么？并不是的。为了他笑中有刺，刺着了别人的病痛么？也不全是的。列维它夫说得很分明：就因为易卜生是伟大的疑问号（？），而萧是伟大的感叹号（！）的缘故。

他们的看客，不消说，是绅士淑女们居多。绅士淑女们是顶爱面子的人种。易卜生虽然使他们登场，虽然也揭发一点隐蔽，但并不加上结论，却从容的说道"想一想罢，这到底是些什么呢？"绅士淑女们的尊严，确也有一些动摇了，但究竟还留着摇摇摆摆的退走，回家去

想的余裕，也就保存了面子。至于回家之后，想了也未，想得怎样，那就不成什么问题，所以他被绍介进中国来，四平八稳，反对的比赞成的少。萧可不这样了，他使他们登场，撕掉了假面具，阔衣装，终于拉住耳朵，指给大家道，"看哪，这是蛆虫！"连磋商的工夫，掩饰的法子也不给人有一点。这时候，能笑的就只有并无他所指摘的病痛的下等人了。在这一点上，萧是和下等人相近的，而也就和上等人相远。

这怎么办呢？仍然有一定的古法在。就是：大家沸沸扬扬的嚷起来，说他有钱，说他装假，说他"名流"，说他"狡猾"，至少是和自己们差不多，或者还要坏。自己是生活在小茅厕里的，他却从大茅厕里爬出，也是一只蛆虫，绍介者胡涂，称赞的可恶。然而，我想，假使萧也是一只蛆虫，却还是一只伟大的蛆虫，正如

可以同有许多感叹号，而惟独他是"伟大的感叹号"一样。譬如有一堆蛆虫在这里罢，一律即即足足，自以为是绅士淑女，文人学士，名宦高人，互相点头，雍容揖让，天下太平，那就是全体没有什么高下，都是平常的蛆虫。但是，如果有一只蓦地跳了出来，大喝一声道："这些其实都是蛆虫！"那么，——自然，它也是从茅厕里爬出来的，然而我们非认它为特别的伟大的蛆虫则不可。

蛆虫也有大小，有好坏的。

生物在进化，被达尔文揭发了，使我们知道了我们的远祖和猴子是亲戚。然而那时的绅士们的方法，和现在是一模一样的：他们大家倒叫达尔文为猴子的子孙。罗广廷博士在广东中山大学的"生物自然发生"的实验尚未成功，我们姑且承认人类是猴子的亲戚罢，虽然并不十分体面。但这同是猴子的亲戚中，达尔文又

不能不说是伟大的了。那理由很简单而且平常，就因为他以猴子亲戚的家世，却并不忌讳，指出了人们是猴子的亲戚来。

猴子的亲戚也有大小，有好坏的。

但达尔文善于研究，却不善于骂人，所以被绅士们嘲笑了小半世。给他来斗争的是自称为"达尔文的咬狗"的赫胥黎，他以渊博的学识，警辟的文章，东冲西突，攻陷了自以为亚当和夏娃的子孙们的最后的堡垒。现在是指人为狗，变成摩登了，也算是一句恶骂。但是，便是狗罢，也不能一例而论的，有的食肉，有的拉橇，有的为军队探敌，有的帮警署捉人，有的在张园赛跑，有的跟化子要饭。将给阔人开心的吧儿和在雪地里救人的猛犬一比较，何如？如赫胥黎，就是一匹有功人世的好狗。

狗也有大小，有好坏的。

但要明白，首先就要辨别。"幽默处俏皮

与正经之间"（语堂语）。不知俏皮与正经之辨，怎么会知道这"之间"？我们虽挂孔子的门徒招牌，却是庄生的私淑弟子。"彼亦一是非，此亦一是非"，是与非不想辨；"不知周之梦为蝴蝶欤，蝴蝶之梦为周欤？"梦与觉也分不清。生活要混沌。如果凿起七窍来呢？庄子曰："七日而混沌死。"这如何容得感叹号？

而且也容不得笑。私塾的先生，一向就不许孩子愤怒，悲哀，也不许高兴。皇帝不肯笑，奴隶是不准笑的。他们会笑，就怕他们也会哭，会怒，会闹起来。更何况坐着有版税可抽，而一年之中，竟"只闻其骚音怨音以及刻薄刁毒之音"呢？

这可见"幽默"在中国是不会有的。

这也可见我对于《论语》的悲观，正非神经过敏。有版税的尚且如此，还能希望那些炸弹满空，河水漫野之处的人们来说"幽默"么？

恐怕连"骚音怨音"也不会有,"盛世元音"自然更其谈不到。将来圆桌会议上也许有人列席,然而是客人,主宾之间,用不着"幽默"。甘地一回一回的不肯吃饭,而主人所办的报章上,已有说应该给他鞭子的了。

这可见在印度也没有"幽默"。

最猛烈的鞭挞了那主人们的是萧伯纳,而我们中国的有些绅士淑女们可又憎恶他了,这真是伯纳"以无意得之,大奇!"然而也正是办起《孝经》来的好文字;"此士大夫之孝也。"

《中庸》《大学》都已新出,《孝经》是一定就要出来的;不过另外还要有《左传》。在这样的年头,《论语》那里会办得好;二十五本,已经要算是"不亦乐乎"的了。

八月二十三日。

小品文的危机

仿佛记得一两月之前，曾在一种日报上见到记载着一个人的死去的文章，说他是收集"小摆设"的名人，临末还有依稀的感喟，以为此人一死，"小摆设"的收集者在中国怕要绝迹了。

但可惜我那时不很留心，竟忘记了那日报和那收集家的名字。

现在的新的青年恐怕也大抵不知道什么是"小摆设"了。但如果他出身旧家，先前曾

三二三

有玩弄翰墨的人，则只要不很破落，未将觉得没用的东西卖给旧货担，就也许还能在尘封的废物之中，寻出一个小小的镜屏，玲珑剔透的石块，竹根刻成的人像，古玉雕出的动物，锈得发绿的铜铸的三脚癞虾蟆：这就是所谓"小摆设"。先前，它们陈列在书房里的时候，是各有其雅号的，譬如那三脚癞虾蟆，应该称为"蟾蜍砚滴"之类，最末的收集家一定都知道，现在呢，可要和它的光荣一同消失了。

那些物品，自然决不是穷人的东西，但也不是达官富翁家的陈设，他们所要的，是珠玉扎成的盆景，五彩绘画的磁瓶。那只是所谓士大夫的"清玩"。在外，至少必须有几十亩膏腴的田地，在家，必须有几间幽雅的书斋；就是流寓上海，也一定得生活较为安闲，在客栈里有一间长包的房子，书桌一顶，烟榻一张，瘾足心闲，摩挲赏鉴。然而这境地，现在却已

经被世界的险恶的潮流冲得七颠八倒，像狂涛中的小船似的了。

然而就是在所谓"太平盛世"罢，这"小摆设"原也不是什么重要的物品。在方寸的象牙版上刻一篇《兰亭序》，至今还有"艺术品"之称，但倘将这挂在万里长城的墙头，或供在云冈的丈八佛像的足下，它就渺小得看不见了，即使热心者竭力指点，也不过令观者生一种滑稽之感。何况在风沙扑面，狼虎成群的时候，谁还有这许多闲工夫，来赏玩琥珀扇坠，翡翠戒指呢。他们即使要悦目，所要的也是耸立于风沙中的大建筑，要坚固而伟大，不必怎样精；即使要满意，所要的也是匕首和投枪，要锋利而切实，用不着什么雅。

美术上的"小摆设"的要求，这幻梦是已经破掉了，那日报上的文章的作者，就直觉地知道。然而对于文学上的"小摆设"——

"小品文"的要求，却正在越加旺盛起来，要求者以为可以靠着低诉或微吟，将粗犷的人心，磨得渐渐的平滑。这就是想别人一心看着《六朝文絜》，而忘记了自己是抱在黄河决口之后，淹得仅仅露出水面的树梢头。

但这时却只用得着挣扎和战斗。

而小品文的生存，也只仗着挣扎和战斗的。晋朝的清言，早和它的朝代一同消歇了。唐末诗风衰落，而小品放了光辉。但罗隐的《谗书》，几乎全部是抗争和愤激之谈；皮日休和陆龟蒙自以为隐士，别人也称之为隐士，而看他们在《皮子文薮》和《笠泽丛书》中的小品文，并没有忘记天下，正是一榻胡涂的泥塘里的光彩和锋铓。明末的小品虽然比较的颓放，却并非全是吟风弄月，其中有不平，有讽刺，有攻击，有破坏。这种作风，也触着了满洲君臣的心病，费去许多助虐的武将的刀锋，帮闲的文臣的笔

锋，直到乾隆年间，这才压制下去了。以后呢，就来了"小摆设"。

"小摆设"当然不会有大发展。到五四运动的时候，才又来了一个展开，散文小品的成功，几乎在小说戏曲和诗歌之上。这之中，自然含着挣扎和战斗，但因为常常取法于英国的随笔（Essay），所以也带一点幽默和雍容；写法也有漂亮和缜密的。这是为了对于旧文学的示威，在表示旧文学之自以为特长者，白话文学也并非做不到。以后的路，本来明明是更分明的挣扎和战斗，因为这原是萌芽于"文学革命"以至"思想革命"的。但现在的趋势，却在特别提倡那和旧文章相合之点，雍容，漂亮，缜密，就是要它成为"小摆设"，供雅人的摩挲，并且想青年摩挲了这"小摆设"，由粗暴而变为风雅了。

然而现在已经更没有书桌；雅片虽然已经

公卖，烟具是禁止的，吸起来还是十分不容易。想在战地或灾区里的人们来鉴赏罢——谁都知道是更奇怪的幻梦。这种小品，上海虽正在盛行，茶话酒谈，遍满小报的摊子上，但其实是正如烟花女子，已经不能在弄堂里拉扯她的生意，只好涂脂抹粉，在夜里蹩到马路上来了。

小品文就这样的走到了危机。但我所谓危机，也如医学上的所谓"极期"（Krisis）一般，是生死的分歧，能一直得到死亡，也能由此至于恢复。麻醉性的作品，是将与麻醉者和被麻醉者同归于尽的。生存的小品文，必须是匕首，是投枪，能和读者一同杀出一条生存的血路的东西；但自然，它也能给人愉快和休息，然而这并不是"小摆设"，更不是抚慰和麻痹，它给人的愉快和休息是休养，是劳作和战斗之前的准备。

八月二十七日。

二三八

九一八

　　阴天，晌午大风雨。看晚报，已有纪念这纪念日的文章，用风雨作材料了。明天的日报上，必更有千篇一律的作品。空言不如事实，且看看那些记事罢——

　　戴季陶讲如何救国（中央社）

　　南京十八日——国府十八日晨举行纪念周，到林森、戴季陶、陈绍宽、朱家骅、吕超、魏怀暨国府职员等四百余人，林主

二三九

席领导行礼，继戴讲"如何救国"，略谓本日系九一八两周年纪念，吾人于沉痛之余，应想法达到救国目的，救国之道甚多，如道德救国、教育救国、实业救国等，最近又有所谓航空运动及节约运动，前者之动机在于国防与交通上建设，此后吾人应从根本上设法增强国力，不应只知向外国购买飞机，至于节约运动须一面消极的节省消费，一面积极的将金钱用于生产方面。在此国家危急之秋，吾人应该各就自己的职务上尽力量，根据总理的一贯政策，来做整个三民主义的实施。

吴敬恒讲纪念意义 （中央社）

南京十八日——中央十八日晨八时举行九一八二周年纪念大会，到中委汪兆铭、陈果夫、邵元冲、陈公博、朱培德、贺耀

二四〇

祖、王祺等暨中央工作人员共六百余人，汪主席，由吴敬恒演讲以精诚团结充实国力，为纪念九一八之意义，阐扬甚多，并指正爱国之道，词甚警惕，至九时始散。

汉口静默停止娱乐 （日联社）

汉口十八日——汉口九一八纪念日华街各户均揭半旗，省市两党部上午十时举行纪念会，各戏院酒馆等一律停业，上午十一时全市人民默祷五分钟。

广州禁止民众游行 （路透社）

广州十八日——各公署与公共团体今晨均举行九一八国耻纪念，中山纪念堂晨间行纪念礼，演说者均抨击日本对华之侵略，全城汽笛均大鸣，以警告民众，且有飞机于行礼时散发传单，惟民众大游行，

为当局所禁，未能实现。

东京纪念祭及犬马 （日联社）

东京十八日——东京本日举行九一八纪念日，下午一时在日比谷公会堂举行阵亡军人遗族慰安会，筑地本愿寺举行军马军犬军鸽等之慰灵祭，在乡军人于下午六时开大会，靖国神社举行阵亡军人追悼会。

但在上海怎样呢？先看租界——

雨丝风片倍觉消沉

今日之全市，既因雨丝风片之侵袭，愁云惨雾之笼罩，更显黯淡之象，但驾车遍游全市，则殊难得见九一八特殊点缀，似较诸去年今日，稍觉消沉，但此非中国

民众之已渐趋于麻木，或者为中国民众已觉悟于过去标语口号之不足恃，只有埋头苦做之一道乎？所以今日之南市闸北以及租界区域，情形异常平安，道途之间，除警务当局多派警探在冲要之区，严密戒备外，简直无甚可以纪述者。

以上是见于《大美晚报》的，很为中国人祝福。至华界情状，却须看《大晚报》的记载了——

今日九一八　华界戒备
公安局据密报防反动

今日为"九一八"，日本侵占东北国难二周年纪念，市公安局长文鸿恩，昨据密报，有反动分子，拟借国难纪念为由秘密召集无知工人，乘机开会，企图煽惑捣

乱秩序等语，文局长核报后，即训令各区所队，仍照去年"九一八"实施特别戒备办法，除通告该局各科处于今晨十时许，在局长办公厅前召集全体职员，及警察总队第三中队警士，举行"九一八"国难纪念，同时并行纪念周外，并饬督察长李光曾派全体督察员，男女检查员，分赴中华路、民国路、方浜路、南阳桥、唐家湾、斜桥等处，会同各区所警士，在各要隘街衢，及华租界接壤之处，自上午八时至十一时半，中午十一时半至三时，下午三时至六时半，分三班轮流检查行人。南市大吉路公共体育场、沪西曹家渡三角场、闸北谭子湾等处，均派大批巡逻警士，禁止集会游行。制造局路之西，徐家汇区域内主要街道，尤宜特别注意，如遇发生事故，不能制止者，即向丽园路报告市保安

处第二团长处置，凡工厂林立处所，加派双岗驻守，红色车巡队，沿城环行驶巡，形势非常壮严。该局侦缉队长卢英，饬侦缉领班陈光炎、陈才福、唐炳祥、夏品山，各率侦缉员，分头密赴曹家渡、白利南路、胶州路及南市公共体育场等处，严密暗探反动分子行动，以资防范，而遏乱萌。公共租界暨法租界两警务处，亦派中西探员出发搜查，以防反动云。

"红色车"是囚车，中国人可坐，然而从中国人看来，却觉得"形势非常壮严"云。记得前两天（十六日）出版的《生活》所载的《两年的教训》里，有一段说——

第二，我们明白谁是友谁是仇了。希特勒在德国民族社会党大会中说："德国

的仇敌，不在国外，而在国内。"北平整委会主席黄郛说："和共抗日之说，实为谬论；剿共和外方为救时救党上策。"我们却要说"民族的仇敌，不仅是帝国主义，而是出卖民族利益的帝国主义走狗们"。民族反帝的真正障碍在那里，还有比这过去两年的事实指示得更明白吗？

现在再来一个切实的注脚：分明的铁证还有上海华界的"红色车"！是一天里的大教训！

年年的这样的情状，都被时光所埋没了，今夜作此，算是纪念文，倘中国人而终不至被害尽杀绝，则以贻我们的后来者。

是夜，记。

二四六

偶成

九月二十日的《申报》上，有一则嘉善地方的新闻，摘录起来，就是——

本县大窑乡沈和声与子林生，被著匪石塘小弟绑架而去，勒索三万元。沈姓家以中人之产，迁延未决。讵料该帮股匪乃将沈和声父子及苏境方面绑来肉票，在丁棚北，北荡滩地方，大施酷刑。法以布条遍贴背上，另用生漆涂敷，侯其稍干，将

二四七

布之一端，连皮揭起，则痛彻心肺，哀号呼救，惨不忍闻。时为该处居民目睹，恻然心伤，尽将惨状报告沈姓，速即往赎，否则恐无生还，帮匪手段之酷，洵属骇闻。

    "酷刑"的记载，在各地方的报纸上是时时可以看到的，但我们只在看见时觉得"酷"，不久就忘记了，而实在也真是记不胜记。然而酷刑的方法，却决不是突然就会发明，一定都有它的师承或祖传，例如这石塘小弟所采用的，便是一个古法，见于士大夫未必肯看，而下等人却大抵知道的《说岳全传》一名《精忠传》上，是秦桧要岳飞自认"汉奸"，逼供之际所用的方法，但使用的材料，却是麻条和鱼鳔。我以为生漆之说，是未必的确的，因为这东西很不容易干燥。

"酷刑"的发明和改良者，倒是虎吏和暴君，这是他们唯一的事业，而且也有工夫来考究，这是所以威民，也所以除奸的，然而老子说得好，"为之斗斛以量之，则并与斗斛而窃之，……"有被刑的资格的也就来玩一个"剪窃"。张献忠的剥人皮，不是一种骇闻么？但他之前已有一位剥了"逆臣"景清的皮的永乐皇帝在。

　　奴隶们受惯了"酷刑"的教育，他只知道对人应该用酷刑。

　　但是，对于酷刑的效果的意见，主人和奴隶们是不一样的。主人及其帮闲们，多是智识者，他能推测，知道酷刑施之于敌对，能够给与怎样的痛苦，所以他会精心结撰，进步起来。奴才们却一定是愚人，他不能"推己及人"，更不能推想一下，就"感同身受"。只要他有权，会采用成法自然也难说，然而他的主意，是没

有智识者所测度的那么惨厉的。绥拉菲摩维支在《铁流》里，写农民杀掉了一个贵人的小女儿，那母亲哭得很凄惨，他却诧异道，哭什么呢，我们死掉多少小孩子，一点也没哭过。他不是残酷，他一向不知道人命会这么宝贵，他觉得奇怪了。

奴隶们受惯了猪狗的待遇，他只知道人们无异于猪狗。

用奴隶或半奴隶的幸福者，向来只怕"奴隶造反"，真是无怪的。

要防"奴隶造反"，就更加用"酷刑"，而"酷刑"却因此更到了末路。在现代，枪毙是早已不足为奇了，枭首陈尸，也只能博得民众暂时的鉴赏，而抢劫、绑架、作乱的还是不减少，并且连绑匪也对于别人用起酷刑来了。酷的教育，使人们见酷而不再觉其酷，例如无端杀死几个民众，先前是大家就会嚷起来的，现

在却只如见了日常茶饭事。人民真被治得好象厚皮的，没有感觉的癫象一样了，但正因为成了癫皮，所以又会踏着残酷前进，这也是虎吏和暴君所不及料，而即使料及，也还是毫无办法的。

九月二十日。

二五一

漫与

地质学上的古生代的秋天，我们不大明白了，至于现在，却总是相差无几。假使前年是肃杀的秋天，今年就成了凄凉的秋天，那么，地球的年龄，怕比天文学家所豫测的最短的数目还要短得多多罢。但人事却转变得真快，在这转变中的人，尤其是诗人，就感到了不同的秋，将这感觉，用悲壮的，或凄惋的句子，传给一切平常人，使彼此可以应付过去，而天地间也常有新诗存在。

前年实在好象是一个悲壮的秋天，市民捐钱，青年拚命，笳鼓的声音也从诗人的笔下涌出，仿佛真要"投笔从戎"似的。然而诗人的感觉是锐敏的，他未始不知道国民的赤手空拳，所以只好赞美大家的殉难，因此在悲壮里面，便埋伏着一点空虚。我所记得的，是邵冠华先生的《醒起来罢同胞》（《民国日报》所载）里的一段——

同胞，醒起来罢，
踢开了弱者的心，
踢开了弱者的脑，
看，看，看，
看同胞们的血喷出来了，
看同胞们的肉割开来了，
看同胞们的尸体挂起来了。

鼓鼙之声要在前线，当进军的时候，是"作气"的，但尚且要"再而衰，三而竭"，倘在并无进军的准备的处所，那就完全是"散气"的灵丹了，倒使别人的紧张的心情，由此转成弛缓。所以我曾比之于"嚎丧"，是送死的妙诀，是丧礼的收场，从此使生人又可以在别一境界中，安心乐意的活下去。历来的文章中，化"敌"为"皇"，称"逆"为"我朝"，这样的悲壮的文章就是其间的"蝴蝶铰"[1]，但自然，作手是不必同出于一人的。然而从诗人看来，据说这些话乃是一种"狂吠"。

　　不过事实真也比评论更其不留情面，仅在这短短的两年中，昔之义军，已名"匪徒"，而有些"抗日英雄"，却早已侨寓姑苏了，而且连捐款也发生了问题。九一八的纪念日，则

1　门窗、屏风、橱柜等家具装配的铰链，多为铁或铜制，左右或上下各一片，可以像蝴蝶翅膀一样开合。

华界但有囚车随着武装巡捕梭巡，这囚车并非"意图"拘禁敌人或汉奸，而是专为"意图乘机捣乱"的"反动分子"所豫设的宝座。天气也真是阴惨，狂风骤雨，报上说是"飓风"，是天地在为中国饮泣，然而在天地之间——人间，这一日却"平安"的过去了。

于是就成了虽然有些惨淡，却很"平安"的秋天，正是一个丧家届了除服之期的景象。但这景象，却又与诗人非常适合的，我在《醒起来罢同胞》的同一作家的《秋的黄昏》（九月二十五日《时事新报》所载）里，听到了幽咽而舒服的声调——

> 我到了秋天便会伤感；到了秋天的黄昏，便会流泪，我已很感觉到我的伤感是受着秋风的波动而兴奋地展开，同时自己又像会发现自己的环境是最适合于秋天，

细细地抚摩着秋天在自然里发出的音波，
我知道我的命运使我成为秋天的人。……

　　钉梢，现在中国所流行的，是无赖子对于
摩登女郎，和侦探对于革命青年的钉梢，而对
于文人学士们，却还很少见。假使追蹑几月或
几年试试罢，就会看见许多怎样的情随事迁，
到底头头是道的诗人。

　　一个活人，当然是总想活下去的，就是真
正老牌的奴隶，也还在打熬着要活下去。然而
自己明知道是奴隶，打熬着，并且不平着，挣
扎着，一面"意图"挣脱以至实行挣脱的，即
使暂时失败，还是套上了镣铐罢，他却不过是
单单的奴隶。如果从奴隶生活中寻出"美"来，
赞叹，抚摩，陶醉，那可简直是万劫不复的奴
才了，他使自己和别人永远安住于这生活。就
因为奴群中有这一点差别，所以使社会有平安

和不安的差别，而在文学上，就分明的显现了麻醉的和战斗的的不同。

九月二十七日。

世故三昧

　　人世间真是难处的地方，说一个人"不通世故"，固然不是好话，但说他"深于世故"也不是好话。"世故"似乎也像"革命之不可不革，而亦不可太革"一样，不可不通，而亦不可太通的。

　　然而据我的经验，得到"深于世故"的恶谥者，却还是因为"不通世故"的缘故。

　　现在我假设以这样的话，来劝导青年人——

　　"如果你遇见社会上有不平事，万不可挺

身而出，讲公道话，否则，事情倒会移到你头上来，甚至于会被指作反动分子的。如果你遇见有人被冤枉，被诬陷的，即使明知道他是好人，也万不可挺身而出，去给他解释或分辩，否则，你就会被人说是他的亲戚，或得了他的贿赂；倘使那是女人，就要被疑为她的情人的；如果他较有名，那便是党羽。例如我自己罢，给一个毫不相干的女士做了一篇信札集的序，人们就说她是我的小姨；绍介一点科学的文艺理论，人们就说得了苏联的卢布。亲戚和金钱，在目下的中国，关系也真是大，事实给与了教训，人们看惯了，以为人人都脱不了这关系，原也无足深怪的。

"然而，有些人其实也并不真相信，只是说着玩玩，有趣有趣的。即使有人为了谣言，弄得凌迟碎剐，像明末的郑鄤那样了，和自己

也并不相干，总不如有趣的紧要[1]。这时你如果去辨正，那就是使大家扫兴，结果还是你自己倒楣。我也有一个经验。那是十多年前，我在教育部里做'官僚'，常听得同事说，某女学校的学生，是可以叫出来嫖的，连机关的地址门牌，也说得明明白白。有一回我偶然走过这条街，一个人对于坏事情，是记性好一点的，我记起来了，便留心着那门牌，但这一号，却是一块小空地，有一口大井，一间很破烂的小屋，是几个山东人住着卖水的地方，决计做不了别用。待到他们又在谈着这事的时候，我便说出我的所见来，而不料大家竟笑容尽敛，不欢而散了，此后不和我谈天者两三月。我事后

1　明崇祯年间，郑鄤被权臣诬以逼父杖母、强占父妾之罪，又遭不明真相之人作证指控，最终受磔刑而死。行刑过程中，有人收集他的肉当市叫卖，声称可做治疮疥的药引。《明季北略》有记载："归途所见，买生肉以为疮疥药料者，遍长安市。"

才悟到打断了他们的兴致，是不应该的。

"所以，你最好是莫问是非曲直，一味附和着大家；但更好是不开口；而在更好之上的是连脸上也不显出心里的是非的模样来……"

这是处世法的精义，只要黄河不流到脚下，炸弹不落在身边，可以保管一世没有挫折的。但我恐怕青年人未必以我的话为然；便是中年、老年人，也许要以为我是在教坏了他们的子弟。呜呼，那么，一片苦心，竟是白费了。

然而倘说中国现在正如唐虞盛世，却又未免是"世故"之谈。耳闻目睹的不算，单是看看报章，也就可以知道社会上有多少不平，人们有多少冤抑。但对于这些事，除了有时或有同业、同乡、同族的人们来说几句呼吁的话之外，利害无关的人的义愤的声音，我们是很少听到的。这很分明，是大家不开口；或者以为

和自己不相干；或者连"以为和自己不相干"的意思也全没有。"世故"深到不自觉其"深于世故"，这才真是"深于世故"的了。这是中国处世法的精义中的精义。

而且，对于看了我的劝导青年人的话，心以为非的人物，我还有一下反攻在这里。他是以我为狡猾的。但是，我的话里，一面固然显示着我的狡猾，而且无能，但一面也显示着社会的黑暗。他单责个人，正是最稳妥的办法，倘使兼责社会，可就得站出去战斗了。责人的"深于世故"而避开了"世"不谈，这是更"深于世故"的玩艺，倘若自己不觉得，那就更深更深了，离三昧境盖不远矣。

不过凡事一说，即落言筌，不再能得三昧。说"世故三昧"者，即非"世故三昧"。三昧真谛，在行而不言；我现在一说"行而不言"，

却又失了真谛，离三昧境盖益远矣。

　　一切善知识，心知其意可也，唵！

二六三

谣言世家

　　双十佳节，有一位文学家大名汤增敫先生的，在《时事新报》上给我们讲光复时候的杭州的故事。他说那时杭州杀掉许多驻防的旗人，辨别的方法，是因为旗人叫"九"为"钩"的，所以要他说"九百九十九"，一露马脚，刀就砍下去了。

　　这固然是颇武勇，也颇有趣的。但是，可惜是谣言。

　　中国人里，杭州人是比较的文弱的人。当

钱大王[1]治世的时候，人民被刮得衣裤全无，只用一片瓦掩着下部，然而还要追捐，除被打得麂一般叫之外，并无贰话。不过这出于宋人的笔记，是谣言也说不定的。但宋明的末代皇帝，带着没落的阔人，和暮气一同滔滔的逃到杭州来，却是事实，苟延残喘，要大家有刚决的气魄，难不难。到现在，西子湖边还多是摇摇摆摆的雅人；连流氓也少有浙东似的"白刀子进红刀子出"的打架。自然，倘有军阀做着后盾，那是也会格外的撒泼的，不过当时实在并无敢于杀人的风气，也没有乐于杀人的人们。我们只要看举了老成持重的汤蛰仙先生做都督，就可以知道是不会流血的了。

不过战事是有的。革命军围住旗营，开枪打进去，里面也有时打出来。然而围得并不紧，

1　即钱镠（852—932），五代十国时期吴越国的建立者。

我有一个熟人，白天在外面逛，晚上却自进旗营睡觉去了。

虽然如此，驻防军也终于被击溃，旗人降服了，房屋被充公是有的，却并没有杀戮。口粮当然取消，各人自寻生计，开初倒还好，后来就遭灾。

怎么会遭灾的呢？就是发生了谣言。

杭州的旗人一向优游于西子湖边，秀气所钟，是聪明的，他们知道没有了粮，只好做生意，于是卖糕的也有，卖小菜的也有。杭州人是客气的，并不歧视，生意也还不坏。然而祖传的谣言起来了，说是旗人所卖的东西，里面都藏着毒药。这一下子就使汉人避之惟恐不远，但倒是怕旗人来毒自己，并不是自己想去害旗人。结果是他们所卖的糕饼小菜，毫无生意，只得在路边出卖那些不能下毒的家具。家具一完，途穷路绝，就一败涂地了。这是杭州驻防

旗人的收场。

笑里可以有刀，自称酷爱和平的人民，也会有杀人不见血的武器，那就是造谣言。但一面害人，一面也害己，弄得彼此懵懵懂懂。古时候无须提起了，即在近五十年来，甲午战败，就说是李鸿章害的，因为他儿子是日本的驸马，骂了他小半世；庚子拳变¹，又说洋鬼子是挖眼睛的，因为造药水，就乱杀了一大通。下毒学说起于辛亥光复之际的杭州，而复活于近来排日的时候。我还记得每有一回谣言，就总有谁被诬为下毒的奸细，给谁平白打死了。

谣言世家的子弟，是以谣言杀人，也以谣言被杀的。

至于用数目来辨别汉满之法，我在杭州倒听说是出于湖北的荆州的，就是要他们数

1 即义和团运动。

一二三四，数到"六"字，读作上声，便杀却。但杭州离荆州太远了，这还是一种谣言也难说。

我有时也不大能够分清那句是谣言，那句是真话了。

十月十三日。

关于妇女解放

孔子曰："唯女子与小人为难养也，近之则不逊，远之则怨。"女子与小人归在一类里，但不知道是否也包括了他的母亲。后来的道学先生们，对于母亲，表面上总算是敬重的了，然而虽然如此，中国的为母的女性，还受着自己儿子以外的一切男性的轻蔑。

辛亥革命后，为了参政权，有名的沈佩贞女士曾经一脚踢倒过议院门口的守卫。不过我很疑心那是他自己跌倒的，假使我们男人去踢

罢，他一定会还踢你几脚。这是做女子便宜的地方。还有，现在有些太太们，可以和阔男人并肩而立，在码头或会场上照一个照相；或者当汽船飞机开始行动之前，到前面去敲碎一个酒瓶（这或者非小姐不可也说不定，我不知道那详细）了，也还是做女子的便宜的地方。此外，又新有了各样的职业，除女工，为的是她们工钱低，又听话，因此为厂主所乐用的不算外，别的就大抵只因为是女子，所以一面虽然被称为"花瓶"，一面也常有"一切招待，全用女子"的光荣的广告。男子倘要这么突然的飞黄腾达，单靠原来的男性是不行的，他至少非变狗不可。

这是五四运动后，提倡了妇女解放以来的成绩。不过我们还常常听到职业妇女的痛苦的呻吟，评论家的对于新式女子的讥笑。她们从闺阁走出，到了社会上，其实是又成为给大家

开玩笑、发议论的新资料了。

这是因为她们虽然到了社会上，还是靠着别人的"养"；要别人"养"，就得听人的唠叨，甚而至于侮辱。我们看看孔夫子的唠叨，就知道他是为了要"养"而"难"，"近之""远之"都不十分妥帖的缘故。这也是现在的男子汉大丈夫的一般的叹息。也是女子的一般的苦痛。在没有消灭"养"和"被养"的界限以前，这叹息和苦痛是永远不会消灭的。

这并未改革的社会里，一切单独的新花样，都不过一块招牌，实际上和先前并无两样。拿一匹小鸟关在笼中，或给站在竿子上，地位好象改变了，其实还只是一样的在给别人做玩意，一饮一啄，都听命于别人。俗语说："受人一饭，听人使唤"，就是这。所以一切女子，倘不得到和男子同等的经济权，我以为所有好名目，就都是空话。自然，在生理和心理上，男

女是有差别的；即在同性中，彼此也都不免有些差别，然而地位却应该同等。必须地位同等之后，才会有真的女人和男人，才会消失了叹息和苦痛。

在真的解放之前，是战斗。但我并非说，女人应该和男人一样的拿枪，或者只给自己的孩子吸一只奶，而使男子去负担那一半。我只以为应该不自苟安于目前暂时的位置，而不断的为解放思想、经济等等而战斗。解放了社会，也就解放了自己。但自然，单为了现存的惟妇女所独有的桎梏而斗争，也还是必要的。

我没有研究过妇女问题，倘使必须我说几句，就只有这一点空话。

十月二十一日。

二七三

火

　　普洛美修斯偷火给人类，总算是犯了天条，贬入地狱。但是，钻木取火的燧人氏却似乎没有犯窃盗罪，没有破坏神圣的私有财产——那时候，树木还是无主的公物。然而燧人氏也被忘却了，到如今只见中国人供火神菩萨，不见供燧人氏的。

　　火神菩萨只管放火，不管点灯。凡是火着就有他的份。因此，大家把他供养起来，希望他少作恶。然而如果他不作恶，他还受得着供

养么，你想？

点灯太平凡了。从古至今，没有听到过点灯出名的名人，虽然人类从燧人氏那里学会了点火已经有五六千年的时间。放火就不然。秦始皇放了一把火——烧了书没有烧人；项羽入关又放了一把火——烧的是阿房宫不是民房（？——待考）。……罗马的一个什么皇帝却放火烧百姓了；中世纪正教的僧侣就会把异教徒[1]当柴火烧，间或还灌上油。这些都是一世之雄。现代的希特拉就是活证人。如何能不供养起来。何况现今是进化时代，火神菩萨也代代跨灶的。

譬如说罢，没有电灯的地方，小百姓不顾什么国货年，人人都要买点洋货的煤油，晚上就点起来：那么幽黯的黄澄澄的光线映在纸窗

1　应为异端。宗教对待异教徒，往往比对待异端要"宽容"。

上，多不大方！不准，不准这么点灯！你们如果要光明的话，非得禁止这样"浪费"煤油不可。煤油应当扛到田地里去，灌进喷筒，呼啦呼啦的喷起来……一场大火，几十里路的延烧过去，稻禾、树木、房舍——尤其是草棚——一会儿都变成飞灰了。还不够，就有燃烧弹，硫磺弹，从飞机上面扔下来，像上海一二八的大火似的，够烧几天几晚。那才是伟大的光明呵。

火神菩萨的威风是这样的。可是说起来，他又不承认：火神菩萨据说原是保佑小民的，至于火灾，却要怪小民自不小心，或是为非作歹，纵火抢掠。

谁知道呢？历代放火的名人总是这样说，却未必总有人信。

我们只看见点灯是平凡的，放火是雄壮的，

所以点灯就被禁止，放火就受供养。你不见海京伯马戏团么：宰了耕牛喂老虎，原是这年头的"时代精神"。

十一月二日。

论翻印木刻

麦绥莱勒的连环图画四种出版并不久，日报上已有了种种的批评，这是向来的美术书出版后未能遇到的盛况，可见读书界对于这书，是十分注意的。但议论的要点，和去年已不同：去年还是连环图画是否可算美术的问题，现在却已经到了看懂这些图画的难易了。

出版界的进行可没有评论界的快。其实，麦绥莱勒的木刻的翻印，是还在证明连环图画确可以成为艺术这一点的。现在的社会上，有

种种读者层，出版物自然也就有种种，这四种是供给智识者层的图画。然而为什么有许多地方很难懂得呢？我以为是由于经历之不同。同是中国人，倘使曾经见过飞机救国或"下蛋"，则在图上看见这东西，即刻就懂，但若历来未尝躬逢这些盛典的人，恐怕只能看作风筝或蜻蜓罢了。

有一种自称"中国文艺年鉴社"，而实是匿名者们所编的《中国文艺年鉴》在它的所谓"鸟瞰"中，曾经说我所发表的《连环图画辩护》虽将连环图画的艺术价值告诉了苏汶先生，但"无意中却把要是德国板画那类艺术作品搬到中国来，是否能为一般大众所理解，即是否还成其为大众艺术的问题忽略了过去，而且这种解答是对大众化的正题没有直接意义的"。这真是倘不是能编《中国文艺年鉴》的选家，就不至于说出口来的聪明话，因为我本也"不"

在讨论将"德国板画搬到中国来，是否能为一般大众所理解"；所辩护的只是连环图画可以成为艺术，使青年艺术学徒不被曲说所迷，敢于创作，并且逐渐产生大众化的作品而已。假使我真如那编者所希望，"有意的"来说德国板画是否就是中国的大众艺术，这可至少也得归入"低能"一类里去了。

但是，假使一定要问："要是德国板画那类艺术作品搬到中国来，是否能为一般大众所理解"呢？那么，我也可以回答：假使不是立方派、未来派等等的古怪作品，大概该能够理解一点。所理解的可以比看一本《中国文艺年鉴》多，也不至于比看一本《西湖十景》少。风俗习惯，彼此不同，有些当然是莫明其妙的，但这是人物，这是屋宇，这是树木，却能够懂得，到过上海的，也就懂得画里的电灯、电车、工厂。尤其合式的是所画的是故事，易于讲通，

二七九

易于记得。古之雅人，曾谓妇人俗子，看画必问这是什么故事，大可笑。中国的雅俗之分就在此：雅人往往说不出他以为好的画的内容来，俗人却非问内容不可。从这一点看，连环图画是宜于俗人的，但我在《连环图画辩护》中，已经证明了它是艺术，伤害了雅人的高超了。

然而，虽然只对于智识者，我以为绍介了麦绥莱勒的作品也还是不够的。同是木刻，也有刻法之不同，有思想之不同，有加字的，有无字的，总得翻印好几种，才可以窥见现代外国连环图画的大概。而翻印木刻画，也较易近真，有益于观者。我常常想，最不幸的是在中国的青年艺术学徒了，学外国文学可看原书，学西洋画却总看不到原画。自然，翻板是有的，但是，将一大幅壁画缩成明信片那么大，怎能看出真相？大小是很有关系的，假使我们将象缩小如猪，老虎缩小如鼠，怎么还会令人觉得

原先那种气魄呢。木刻却小品居多，所以翻刻起来，还不至于大相远。

但这还仅就绍介给一般智识者的读者层而言，倘为艺术学徒设想，锌板的翻印也还不够。太细的线，锌板上是容易消失的，即使是粗线，也能因强水浸蚀的久暂而不同，少浸浅粗，久浸就太细，中国还很少制板适得其宜的名工。要认真，就只好来用玻璃板，我翻印的《士敏土之图》二百五十本，在中国便是首先的试验。施蛰存先生在《大晚报》附刊的《火炬》上说："说不定他是像鲁迅先生印珂罗版本木刻图一样的是私人精印本，属于罕见书之列"，就是在讥笑这一件事。我还亲自听到过一位青年在这"罕见书"边说，写着只印二百五十部，是骗人的，一定印的很多，印多报少，不过想抬高那书价。

他们自己没有做过"私人精印本"的可笑

事，这些笑骂是都无足怪的。我只因为想供给艺术学徒以较可靠的木刻翻本，就用原画来制玻璃版，但制这版，是每制一回只能印三百幅的，多印即须另制，假如每制一幅则只印一张或多至三百张，制印费都是三元，印三百以上到六百张即需六元，九百张九元，外加纸张费。倘在大书局、大官厅，即使印一万二千本原也容易办，然而我不过一个"私人"；并非繁销书，而竟来"精印"，那当然不免为财力所限，只好单印一板了。但幸而还好，印本已经将完，可知还有人看见；至于为一般的读者，则早已用锌板复制，插在译本《士敏土》里面了，然而编辑兼批评家却不屑道。

人不严肃起来，连指导青年也可以当作开玩笑，但仅印十来幅图，认真地想过几回的人却也有的，不过自己不多说。我这回写了出

二八二

来，是在向青年艺术学徒说明珂罗板[1]一板只印三百部，是制板上普通的事，并非故意要造"罕见书"，并且希望有更多好事的"私人"，不为不负责任的话所欺，大家都来制造"精印本"。

十一月六日。

1　"珂罗"是希腊文"collo"（胶体）的音译，珂罗版印刷又称玻璃版印刷，以玻璃板为版基，按原稿层次制成明胶硬化的图文，明胶硬化的皱纹会吸收油墨，未硬化部分经润湿会排斥油墨，从而能够进行印刷。该种方法虽还原度高，但版面耐印力差，常常只能印几百张。

二八三

《木刻创作法》序

地不问东西，凡木刻的图版，向来是画管画，刻管刻，印管印的。中国用得最早，而照例也久经衰退；清光绪中，英人傅兰雅氏编印《格致汇编》[1]，插图就已非中国刻工所能刻，精细的必需由英国运了图版来。那就是所谓"木口木刻"，也即"复制木刻"，和用在编

1　傅兰雅，英裔美籍传教士，曾任江南制造总局翻译馆翻译长达二十八年，其间坚持译介国外科技著作，他创办的《格致汇编》是近代中国第一份专门性的科学技术杂志。

给印度人读的英文书，后来也就移给中国人读的英文书上的插画，是同类的。那时我还是一个儿童，见了这些图，便震惊于它的精工活泼，当作宝贝看。到近几年，才知道西洋还有一种由画家一手造成的版画，也就是原画，倘用木版，便叫作"创作木刻"，是艺术家直接的创作品，毫不假手于刻者和印者的。现在我们所要绍介的，便是这一种。

　　为什么要绍介呢？据我个人的私见，第一是因为好玩。说到玩，自然好象有些不正经，但我们钞书写字太久了，谁也不免要息息眼，平常是看一会窗外的天。假如有一幅挂在墙壁上的画，那岂不是更其好？倘有得到名画的力量的人物，自然是无须乎此的，否则，一张什么复制缩小的东西，实在远不如原版的木刻，既不失真，又省耗费。自然，也许有人要指为"要以'今雅'立国"的，但比起"古雅"来，

不是已有"古""今"之别了么？

　　第二，是因为简便。现在的金价很贵了，一个青年艺术学徒想画一幅画，画布颜料，就得化一大批钱；画成了，倘使没法展览，就只好请自己看。木刻是无需多化钱的，只用几把刀在木头上划来划去——这也许未免说得太容易了——就如印人的刻印一样，可以成为创作，作者也由此得到创作的欢喜。印了出来，就能将同样的作品，分给别人，使许多人一样的受到创作的欢喜。总之，是比别种作法的作品，普遍性大得远了。

　　第三，是因为有用。这和"好玩"似乎有些冲突，但其实也不尽然的，要看所玩的是什么。打马将恐怕是终于没有出息的了；用火药做花炮玩，推广起来却就可以造枪炮。大炮，总算是实用不过的罢，而安特莱夫一有钱，却将它装在自己的庭园里当玩艺。木刻原是小富

家儿艺术，然而一用在刊物的装饰，文学或科学书的插画上，也就成了大家的东西，是用不着多说的。

这实在是正合于现代中国的一种艺术。

但是至今没有一本讲说木刻的书，这才是第一本。虽然稍简略，却已经给了读者一个大意。由此发展下去，路是广大得很。题材会丰富起来的，技艺也会精炼起来的，采取新法，加以中国旧日之所长，还有开出一条新的路径来的希望。那时作者各将自己的本领和心得，贡献出来，中国的木刻界就会发生光焰。这书虽然因此要成为不过一粒星星之火，但也够有历史上的意义了。

一九三三年十一月九日，鲁迅记。

二八七

作文秘诀

现在竟还有人写信来问我作文的秘诀。

我们常常听到：拳师教徒弟是留一手的，怕他学全了就要打死自己，好让他称雄。在实际上，这样的事情也并非全没有，逢蒙杀羿就是一个前例。逢蒙远了，而这种古气是没有消尽的，还加上了后来的"状元瘾"，科举虽然久废，至今总还要争"唯一"，争"最先"。遇到有"状元瘾"的人们，做教师就危险，拳棒教完，往往免不了被打倒，而这位新拳师来教

徒弟时，却以他的先生和自己为前车之鉴，就一定留一手，甚而至于三四手，于是拳术也就"一代不如一代"了。

还有，做医生的有秘方，做厨子的有秘法，开点心铺子的有秘传，为了保全自家的衣食，听说这还只授儿妇，不教女儿，以免流传到别人家里去。"秘"是中国非常普遍的东西，连关于国家大事的会议，也总是"内容非常秘密"，大家不知道。但是，作文却好象偏偏并无秘诀，假使有，每个作家一定是传给子孙的了，然而祖传的作家很少见。自然，作家的孩子们，从小看惯书籍纸笔，眼格也许比较的可以大一点罢，不过不见得就会做。目下的刊物上，虽然常见什么"父子作家""夫妇作家"的名称，仿佛真能从遗嘱或情书中，密授一些什么秘诀一样，其实乃是肉麻当有趣，妄将做官的关系，用到作文上去了。

那么，作文真就毫无秘诀么？却也并不。我曾经讲过几句做古文的秘诀，是要通篇都有来历，而非古人的成文；也就是通篇是自己做的，而又全非自己所做，个人其实并没有说什么；也就是"事出有因"，而又"查无实据"。到这样，便"庶几乎免于大过也矣"了。简而言之，实不过要做得"今天天气，哈哈哈……"而已。

这是说内容。至于修辞，也有一点秘诀：一要蒙胧，二要难懂。那方法，是：缩短句子，多用难字。譬如罢，作文论秦朝事，写一句"秦始皇乃始烧书"，是不算好文章的，必须翻译一下，使它不容易一目了然才好。这时就用得着《尔雅》《文选》了，其实是只要不给别人知道，查查《康熙字典》也不妨的。动手来改，成为"始皇始焚书"，就有些"古"起来。到得改成"政俶燔典"，那就简直有了班马气

虽然跟着也令人不大看得懂。但是这样的做成一篇以至一部，是可以被称为"学者"的，我想了半天，只做得一句，所以只配在杂志上投稿。

我们的古之文学大师，就常常玩着这一手。班固先生的"紫色鼃声，馀分闰位"，就将四句长句，缩成八字的；扬雄先生的"蠢迪检柙"，就将"动由规矩"这四个平常字，翻成难字的。《绿野仙踪》记塾师咏"花"，有句云："媳钗俏矣儿书废，哥罐闻焉嫂棒伤。"自说意思，是儿妇折花为钗，虽然俏丽，但恐儿子因而废读；下联较费解，是他的哥哥折了花来，没有花瓶，就插在瓦罐里，以嗅花香，他嫂嫂为防微杜渐起见，竟用棒子连花和罐一起打坏了。这算是对于冬烘先生的嘲笑。然而他的作法，其实是和扬班并无不合的，错只在他不用古典而用新典。这一个所谓"错"，就使《文选》

之类在遗老遗少们的心眼里保住了威灵。

做得蒙胧，这便是所谓"好"么？答曰：也不尽然，其实是不过掩了丑。但是，"知耻近乎勇"，掩了丑，也就仿佛近乎好了。摩登女郎披下头发，中年妇人罩上面纱，就都是蒙胧术。人类学家解释衣服的起源有三说：一说是因为男女知道了性的羞耻心，用这来遮羞；一说却以为倒是用这来刺激；还有一种是说因为老弱男女，身体衰瘦，露着不好看，盖上一些东西，借此掩掩丑的。从修辞学的立场上看起来，我赞成后一说。现在还常有骈四俪六，典丽堂皇的祭文、挽联、宣言、通电，我们倘去查字典，翻类书，剥去它外面的装饰，翻成白话文，试看那剩下的是怎样的东西呵！？

不懂当然也好的。好在那里呢？即好在"不懂"中。但所虑的是好到令人不能说好丑，所以还不如做得它"难懂"：有一点懂，而下

一番苦功之后，所懂的也比较的多起来。我们是向来很有崇拜"难"的脾气的，每餐吃三碗饭，谁也不以为奇，有人每餐要吃十八碗，就郑重其事的写在笔记上；用手穿针没有人看，用脚穿针就可以搭帐篷卖钱；一幅画片，平淡无奇，装在匣子里，挖一个洞，化为西洋镜，人们就张着嘴热心的要看了。况且同是一事，费了苦功而达到的，也比并不费力而达到的可贵。譬如到什么庙里去烧香罢，到山上的，比到平地上的可贵；三步一拜才到庙里的庙，和坐了轿子一径抬到的庙，即使同是这庙，在到达者的心里的可贵的程度是大有高下的。作文之贵乎难懂，就是要使读者三步一拜，这才能够达到一点目的的妙法。

写到这里，成了所讲的不但只是做古文的秘诀，而且是做骗人的古文的秘诀了。但我想，做白话文也没有什么大两样，因为它也可以夹

些僻字，加上蒙胧或难懂，来施展那变戏法的障眼的手巾的。倘要反一调，就是"白描"。

"白描"却并没有秘诀。如果要说有，也不过是和障眼法反一调：有真意，去粉饰，少做作，勿卖弄而已。

捣鬼心传

中国人又很有些喜欢奇形怪状，鬼鬼祟祟的脾气，爱看古树发光比大麦开花的多，其实大麦开花他向来也没有看见过。于是怪胎畸形，就成为报章的好资料，替代了生物学的常识的位置了。最近在广告上所见的，有像所谓两头蛇似的两头四手的胎儿，还有从小肚上生出一只脚来的三脚汉子。固然，人有怪胎，也有畸形，然而造化的本领是有限的，他无论怎么怪，怎么畸，总有一个限制：孪儿可以连背，连腹，

连臀，连胁，或竟骈头，却不会将头生在屁股上；形可以骈拇，枝指，缺肢，多乳，却不会两脚之外添出一只脚来，好象"买两送一"的买卖。天实在不及人之能捣鬼。

但是，人的捣鬼，虽胜于天，而实际上本领也有限。因为捣鬼精义，在切忌发挥，亦即必须含蓄。盖一加发挥，能使所捣之鬼分明，同时也生限制，故不如含蓄之深远，而影响却又因而模胡了。"有一利必有一弊"，我之所谓"有限"者以此。

清朝人的笔记里，常说罗两峰的《鬼趣图》，真写得鬼气拂拂；后来那图由文明书局印出来了，却不过一个奇瘦，一个矮胖，一个臃肿的模样，并不见得怎样的出奇，还不如只看笔记有趣。小说上的描摹鬼相，虽然竭力，也都不足以惊人，我觉得最可怕的还是晋人所记的脸无五官，浑沦如鸡蛋的山中厉鬼。因为

五官不过是五官，纵使苦心经营，要它凶恶，总也逃不出五官的范围，现在使它浑沦得莫名其妙，读者也就怕得莫名其妙了。然而其"弊"也，是印象的模胡。不过较之写些"青面獠牙""口鼻流血"的笨伯，自然聪明得远。

中华民国人的宣布罪状大抵是十条，然而结果大抵是无效。古来尽多坏人，十条不过如此，想引人的注意以至活动是决不会的。骆宾王作《讨武曌檄》，那"入宫见嫉，蛾眉不肯让人，掩袖工谗，狐媚偏能惑主"这几句，恐怕是很费点心机的了，但相传武后看到这里，不过微微一笑。是的，如此而已，又怎么样呢？声罪致讨的明文，那力量往往远不如交头接耳的密语，因为一是分明，一是莫测的。我想假使当时骆宾王站在大众之前，只是攒眉摇头，连称"坏极坏极"，却不说出其所谓坏的实例，恐怕那效力会在文章之上的罢。"狂飙

文豪"高长虹攻击我时，说道劣迹多端，倘一发表，便即身败名裂，而终于并不发表，是深得捣鬼正脉的；但也竟无大效者，则与广泛俱来的"模胡"之弊为之也。

明白了这两例，便知道治国平天下之法，在告诉大家以有法，而不可明白切实的说出何法来。因为一说出，即有言，一有言，便可与行相对照，所以不如示之以不测。不测的威棱使人萎伤，不测的妙法使人希望——饥荒时生病，打仗时做诗，虽若与治国平天下不相干，但在莫明其妙中，却能令人疑为跟着自有治国平天下的妙法在——然而其"弊"也，却还是照例的也能在模胡中疑心到所谓妙法，其实不过是毫无方法而已。

捣鬼有术，也有效，然而有限，所以以此成大事者，古来无有。

十一月二十二日。

二九八

家是我们的生处，
也是我们的死所。

家庭为中国之基本

中国的自己能酿酒，比自己来种鸦片早，但我们现在只听说许多人躺着吞云吐雾，却很少见有人像外国水兵似的满街发酒疯。唐宋的踢球，久已失传，一般的娱乐是躲在家里彻夜叉麻雀。从这两点看起来，我们在从露天下渐渐的躲进家里去，是无疑的。古之上海文人，已尝慨乎言之，曾出一联，索人属对，道："三鸟害人鸦雀鸽"，"鸽"是彩票，雅号奖券，那时却称为"白鸽票"的。但我不知道后来有人

对出了没有。

不过我们也并非满足于现状，是身处斗室之中，神驰宇宙之外，抽鸦片者享乐着幻境，叉麻雀者心仪于好牌。檐下放起爆竹，是在将月亮从天狗嘴里救出；剑仙坐在书斋里，哼的一声，一道白光，千万里外的敌人可被杀掉了，不过飞剑还是回家，钻进原先的鼻孔去，因为下次还要用。这叫做千变万化，不离其宗。所以学校是从家庭里拉出子弟来，教成社会人才的地方，而一闹到不可开交的时候，还是"交家长严加管束"云。

"骨肉归于土，命也；若夫魂气，则无不之也，无不之也！"一个人变了鬼，该可以随便一点了罢，而活人仍要烧一所纸房子，请他住进去，阔气的还有打牌桌，鸦片盘。成仙，这变化是很大的，但是刘太太偏舍不得老家，一定要运动到"拔宅飞升"，连鸡犬都带了上去

而后已，好依然的管家务，饲狗，喂鸡。

我们的古今人，对于现状，实在也愿意有变化，承认其变化的，变鬼无法，成仙更佳，然而对于老家，却总是死也不肯放。我想，火药只做爆竹，指南针只看坟山，恐怕那原因就在此。

现在是火药蜕化为轰炸弹、烧夷弹，装在飞机上面了，我们却只能坐在家里等他落下来。自然，坐飞机的人是颇有了的，但他那里是远征呢，他为的是可以快点回到家里去。

家是我们的生处，也是我们的死所。

十二月十六日。

《总退却》序

　　中国久已称小说之类为"闲书"，这在五十年前为止，是大概真实的，整日价辛苦做活的人，就没有工夫看小说。所以凡看小说的，他就得有余暇，既有余暇，可见是不必怎样辛苦做活的了，成仿吾先生曾经断之曰："有闲，即是有钱！"者以此。诚然，用经济学的眼光看起来，在现制度之下，"闲暇"恐怕也确是一种"富"。但是，穷人们也爱小说，他们不识字，就到茶馆里去听"说书"，百来回

的大部书，也要每天一点一点的听下去。不过比起整天做活的人们来，他们也还是较有闲暇的。要不然，又那有工夫上茶馆，那有闲钱做茶钱呢？

小说之在欧美，先前又何尝不这样。后来生活艰难起来了，为了维持，就缺少余暇，不再能那么悠悠忽忽。只是偶然也还想借书来休息一下精神，而又耐不住唠叨不已，破费工夫，于是就使短篇小说交了桃花运。这一种洋文坛上的趋势，也跟着古人之所谓"欧风美雨"，冲进中国来，所以"文学革命"以后，所产生的小说，几乎以短篇为限。但作者的才力不能构成巨制，自然也是一个很大的原因。

而且书中的主角也变换了。古之小说，主角是勇将策士、侠盗赃官、妖怪神仙、佳人才子，后来则有妓女嫖客、无赖奴才之流。"五四"以后的短篇里却大抵是新的智识者登

了场，因为他们是首先觉到了在"欧风美雨"中的飘摇的，然而总还不脱古之英雄和才子气。现在可又不同了，大家都已感到飘摇，不再要听一个特别的人的运命。某英雄在柏林拊髀看天，某天才在泰山捶胸泣血，还有谁会转过脸去呢？他们要知道、感觉得更广大，更深邃了。

这一本集子就是这一时代的出产品，显示着分明的蜕变，人物并非英雄，风光也不旖旎，然而将中国的眼睛点出来了。我以为作者的写工厂，不及她的写农村，但也许因为我先前较熟于农村，否则，是作者较熟于农村的缘故罢。

一九三三年十二月二十五夜，鲁迅记。

答杨邨人先生公开信的公开信

《文化列车》破格的开到我的书桌上面，是十二月十日开车的第三期，托福使我知道了近来有这样一种杂志，并且使我看见了杨邨人先生给我的公开信，还要求着答复。对于这一种公开信，本没有一定给以答复的必要的，因为它既是公开，那目的其实是在给大家看，对我个人倒还在其次。但是，我如果要回答也可以，不过目的也还是在给大家看，要不然，不是只要直接寄给个人就完了么？因为这缘

故，所以我在回答之前，应该先将原信重抄在下面——

鲁迅先生：

读了李儵先生（不知道是不是李又燃先生，抑或曹聚仁先生的笔名）的《读伪自由书》一文，近末一段说：

"读着鲁迅《伪自由书》，便想到鲁迅先生的人。那天，见鲁迅先生吃饭，咀嚼时牵动着筋肉，连胸肋骨也拉拉动的，鲁迅先生是老了！我当时不禁一股酸味上心头。记得从前看到父亲的老态时有过这样的情绪，现在看了鲁迅先生的老态又重温了一次。这都是使司马懿之流，快活的事，何况旁边早变心了魏延。"（这末一句照原文十个字抄，一字无错，确是妙文！）

不禁令人起了两个感想：一个是我

们敬爱的鲁迅先生老了，一个是我们敬爱的鲁迅先生为什么是诸葛亮？先生的"旁边"那里来的"早变心了魏延"？无产阶级大众何时变成了阿斗？

第一个感想使我惶恐万分！我们敬爱的鲁迅先生老了，这是多么令人惊心动魄的事！记得《呐喊》在北京最初出版的时候（大概总在十年前），我拜读之后，景仰不置，曾为文介绍颂扬，揭登于张东荪先生编的《学灯》，在当时我的敬爱先生甚于敬爱创造社四君子。其后一九二八年《语丝》上先生为文讥诮我们，虽然两方论战绝无感情，可是论战是一回事，私心敬爱依然如昔。一九三〇年秋先生五十寿辰的庆祝会上，我是参加庆祝的一个，而且很亲切地和先生一起谈天，私心很觉荣幸。左联有一次大会在一个日本同志家里

开着，我又和先生见面，十分快乐。可是今年我脱离共产党以后，在左右夹攻的当儿，《艺术新闻》与《出版消息》都登载着先生要"嘘"我的消息，说是书名定为：《北平五讲与上海三嘘》，将对我"用嘘的方式加以袭击"，而且将我与梁实秋、张若谷同列，这自然是引起我的反感，所以才有《新儒林外史第一回》之作。但在《新儒林外史第一回》里头只说先生出阵交战用的是大刀一词加以反攻的讽刺而已。其中引文的情绪与态度都是敬爱先生的。文中的意义却是以为先生对我加以"嘘"的袭击未免看错了敌人吧了。到了拜读大著《两地书》以后为文介绍，笔下也十分恭敬并没半点谩骂的字句，可是先生于《我的种痘》一文里头却有所误会似地顺笔对我放了两三枝冷箭儿，特别地说是有人攻

击先生的老，在我呢，并没有觉得先生老了，而且那篇文章也没有攻击先生的老，先生自己认为是老了吧了。伯纳萧的年纪比先生还大，伯纳萧的鬓毛比先生还白如丝吧，伯纳萧且不是老了，先生怎么这样就以为老了呢？我是从来没感觉到先生老了的，我只感觉到先生有如青年而且希望先生永久年青。然而，读了李儵先生的文章，我惶恐，我惊讶，原来先生真的老了。李儵先生因为看了先生老了而“不禁一股酸味上心头”有如看他的令尊的老态的时候有过的情绪，我虽然也时常想念着我那年老的父亲，但并没有如人家攻击我那样地想做一个“孝子”，不过是天性所在有时未免兴感而想念着吧了，所以我看了李儵先生的文章并没有联想到我的父亲上面去。然而先生老了，我是惶恐与惊讶。我

惶恐与惊讶的是，我们敬爱的文坛前辈老了，他将因为生理上的缘故而要停止他的工作了！在这敬爱的心理与观念上，我将今年来对先生的反感打个粉碎，竭诚地请先生训诲。可是希望先生以严肃的态度出之，如"嘘"，如放冷箭儿等却请慎重，以令对方心服。

第二个感想使我……因为那是李儵先生的事，这里不愿有扰清听。

假如这信是先生觉得有答复的价值的话，就请寄到这里《文化列车》的编者将它发表，否则希望先生为文给我一个严正的批判也可以。发表的地方我想随处都欢迎的。

专此并竭诚地恭敬地问了一声安好并祝

康健。

杨邮人谨启。一九三三，一二，三。

末了附带声明一句，我作这信是出诸至诚，并非因为鬼儿子骂我和先生打笔墨官司变成小鬼以后向先生求和以……"大鬼"的意思。邮人又及。

以下算是我的回信。因为是信的形式，所以开头照例是——

邮人先生：

先生给我的信是没有答复的价值的。我并不希望先生"心服"，先生也无须我批判，因为近二年来的文字，已经将自己的形象画得十分分明了。自然，我决不会相信"鬼儿子"们的胡说，但我也不相信先生。

这并非说先生的话是一样的叭儿狗式的猜

三一四

猾；恐怕先生是自以为永久诚实的罢，不过因为急促的变化，苦心的躲闪，弄得左支右绌，不能自圆其说，终于变成废话了，所以在听者的心中，也就失去了重量。例如先生的这封信，倘使略有自知之明，其实是不必写的。

先生首先问我"为什么是诸葛亮？"这就问得稀奇。李儰先生我曾经见过面，并非曹聚仁先生，至于是否李又燃先生，我无从确说，因为又燃先生我是没有豫先见过的。我"为什么是诸葛亮"呢？别人的议论，我不能，也不必代为答复，要不然，我得整天的做答案了。也有人说我是"人群的蟊贼"的。"为什么？"——我都由它去。但据我所知道，魏延变心，是在诸葛亮死后，我还活着，诸葛亮的头衔是不能加到我这里来的，所以"无产阶级大众何时变成了阿斗？"的问题也就落了空。那些废话，如果还记得《三国志演义》或吴稚

晖先生的话，是不至于说出来的，书本子上及别人，并未说过人民是阿斗。现在请放心罢。但先生站在"小资产阶级文学革命"的旗下，还是什么"无产阶级大众"，自己的眼睛看见了这些字，不觉得可羞或可笑么？不要再提这些字，怎么样呢？

其次是先生"惊心动魄"于我的老，可又"惊心动魄"得很稀奇。我没有修炼仙丹，自然的规则，一定要使我老下去，丝毫也不足为奇的，请先生还是镇静一点的好。而且我后来还要死呢，这也是自然的规则，豫先声明，请千万不要"惊心动魄"，否则，逐渐就要神经衰弱，愈加满口废话了。我即使老，即使死，却决不会将地球带进棺材里去，它还年青，它还存在，希望正在将来，目前也还可以插先生的旗子。这一节我敢保证，也请放心工作罢。

于是就要说到"三嘘"问题了。这事情是

有的，但和新闻上所载的有些两样。那时是在一个饭店里，大家闲谈，谈到有几个人的文章，我确曾说：这些都只要以一嘘了之，不值得反驳。这几个人们中，先生也在内。我的意思是：先生在那冠冕堂皇的"自白"里，明明的告白了农民的纯厚，小资产阶级的智识者的动摇和自私，却又要来竖起小资产阶级革命文学的旗，就自己打着自己的嘴。不过也并未说出，走散了就算完结了。但不知道是辗转传开去的呢，还是当时就有新闻记者在座，不久就张大其辞的在报上登了出来，并请读者猜测。

近五六年来，关于我的记载多极了，无论为毁为誉，是假是真，我都置之不理，因为我没有聘定律师，常登广告的巨款，也没有遍看各种刊物的工夫。况且新闻记者为要哄动读者，会弄些夸张的手段，是大家知道的，甚至于还全盘捏造。例如先生还在做"革命文学家"的时

候，用了"小记者"的笔名，在一种报上说我领到了南京中央党部的文学奖金，大开筵宴，祝孩子的周年，不料引起了郁达夫先生对于亡儿的记忆，悲哀了起来。这真说得栩栩如生，连出世不过一年的婴儿，也和我一同被喷满了血污。然而这事实的全出于创作，我知道，达夫先生知道，记者兼作者的您杨邨人先生当然也不会不知道的。

当时我一声不响。为什么呢？革命者为达目的，可用任何手段的话，我是以为不错的，所以即使因为我罪孽深重，革命文学的第一步，必须拿我来开刀，我也敢于咬着牙关忍受。杀不掉，我就退进野草里，自己舐尽了伤口的血痕，决不烦别人傅药。但是，人非圣人，为了麻烦而激动起来的时候也有的，我诚然讥诮过先生"们"，这些文章，后来都收在《三闲集》中，一点也不删去，然而和先生"们"的造谣

言和攻击文字的数量来比一比罢，不是不到十分之一么？不但此也，在讲演里，我有时也曾嘲笑叶灵凤先生或先生，先生们以"前卫"之名，雄赳赳出阵的时候，我是祭旗的牺牲，则战不数合便从火线上爬了开去之际，我以为实在也难以禁绝我的一笑。无论在阶级的立场上，在个人的立场上，我都有一笑的权利的。然而我从未傲然的假借什么"良心"或"无产阶级大众"之名，来凌压敌手，我接着一定声明：这是因为我和他有些个人的私怨的。先生，这还不够退让么？

但为了不能使我负责的新闻记事，竟引起先生的"反感"来了，然而仍蒙破格的优待，在《新儒林外史》里，还赏我拿一柄大刀。在礼仪上，我是应该致谢的，但在实际上，却也如大张筵宴一样，我并无大刀，只有一枝笔，名曰"金不换"。这也并不是在广告不收卢布

的意思，是我从小用惯，每枝五分的便宜笔。我确曾用这笔碰着了先生，不过也只如运用古典一样，信手拈来，涉笔成趣而已，并不特别含有报复的恶意。但先生却又给我挂上"三枝冷箭"了。这可不能怪先生的，因为这只是陈源教授的余唾。然而，即使算是我在报复罢，由上面所说的原因，我也还不至于走进"以怨报德"的队伍里面去。

至于所谓《北平五讲与上海三嘘》，其实是至今没有写，听说北平有一本《五讲》出版，那可并不是我做的，我也没有见过那一本书。不过既然闹了风潮，将来索性写一点也难说，如果写起来，我想名为《五讲三嘘集》，但后一半也未必正是报上所说的三位。先生似乎羞与梁实秋、张若谷两位先生为伍，我看是排起来倒也并不怎样辱没了先生，只是张若谷先生比较的差一点，浅陋得很，连做一"嘘"的材

料也不够，我大概要另换一位的。

　　对于先生，照我此刻的意见，写起来恐怕也不会怎么坏。我以为先生虽是革命场中的一位小贩，却并不是奸商。我所谓奸商者，一种是国共合作时代的阔人，那时颂苏联，赞共产，无所不至，一到清党时候，就用共产青年、共产嫌疑青年的血来洗自己的手，依然是阔人，时势变了，而不变其阔；一种是革命的骁将，杀土豪，倒劣绅，激烈得很，一有蹉跌，便称为"弃邪归正"，骂"土匪"，杀同人，也激烈得很，主义改了，而仍不失其骁。先生呢，据"自白"，革命与否以亲之苦乐为转移，有些投机气味是无疑的，但并没有反过来做大批的买卖，仅在竭力要化为"第三种人"，来过比革命党较好的生活。既从革命阵线上退回来，为辩护自己，做稳"第三种人"起见，总得有一点零星的忏悔，对于统治者，其实是颇有些益

处的，但竟还至于遇到"左右夹攻的当儿"者，恐怕那一方面，还嫌先生门面太小的缘故罢，这和银行雇员的看不起小钱店伙计是一样的。先生虽然觉得抱屈，但不信"第三种人"的存在不独是左翼，却因先生的经验而证明了，这也是一种很大的功德。

平心而论，先生是不算失败的，虽然自己觉得被"夹攻"，但现在只要没有马上杀人之权的人，有谁不遭人攻击。生活当然是辛苦的罢，不过比起被杀戮、被囚禁的人们来，真有天渊之别；文章也随处能够发表，较之被封锁、压迫、禁止的作者，也自由自在得远了。和阔人骁将比，那当然还差得很远，这就因为先生并不是奸商的缘故。这是先生的苦处，也是先生的好处。

话已经说得太多了，就此完结。总之，我还是和先前一样，决不肯造谣说谎，特别攻击

先生，但从此改变另一种态度，却也不见得，本人的"反感"或"恭敬"，我是毫不打算的。请先生也不要因为我的"将因为生理上的缘故而要停止工作"而原谅我，为幸。

　　专此奉答，并请

著安。

鲁迅。一九三三，一二，二八。

主　　编 | 徐　露
特约编辑 | 徐子淇　赵雪雨

营销总监 | 张　延
营销编辑 | 狄洋意　许芸茹

版权联络 | rights@chihpub.com.cn
品牌合作 | zy@chihpub.com.cn

出品方　春山望野（北京）
文化传媒有限公司

Room 216, 2nd Floor, Building 1, Yard 31,
Guangqu Road, Chaoyang, Beijing, China